JN319159

新　潮　文　庫

魔が差したパン

O・ヘンリー傑作選Ⅲ

O・ヘンリー
小川高義訳

新　潮　社　版

10395

目次

魔が差したパン

O・ヘンリー傑作選 Ⅲ

魔が差したパン

Witches' Loaves

マーサ・ミーチャムという女が街角の小さなパン屋を営んでいた（三段上がってドアを開ければ、ちりんとベルが鳴る、というような店である)。

マーサは四十歳。独身。通帳には二千ドルの残高がある。人造の歯を二本と、人情に厚い心臓を一つ所有する。このマーサよりも結婚しそうにない女が案外さっさと身を固めているものだ。

週に二度か三度は店に来る客がいた。だんだん気にかかるようになる。中年の男で、眼鏡をかけて、茶色の髭《ひげ》が顎《あご》の下にすっと伸びて手入れが行き届いていた。しゃべる言葉にドイツ訛《なま》りが強い。着古した衣服は、ほころびた箇所を繕ってあって、しわくちゃ、よれよれでもある。それでも見た目にこざっぱりして、物腰の柔らかい客だった。

いつでも硬くなった古いパンを二つ買っていく。焼きたてなら一つ五セントのパンが、古くなると二個で五セントだ。この客は古いパンだけを買っていた。

ある日、男の指に赤と茶色の染《し》みがついていた。きっと画家で、すごく貧乏なのだろう、とマーサは思った。屋根裏部屋の一人暮らしで絵を描いて、まずいパンを食べながら、あのパン屋でいいものを買って食いたい、と思っているに違いない。

マーサは、さあ食事だと思って席について、肉にロールパンにジャムにお茶とならべた食卓にほうっと息を洩《も》らしながら、あの穏やかな画家は隙間風《すきまかぜ》の吹く屋根裏で硬いパンをかじっているだろうに、ここへ呼んでご馳走《ちそう》してあげられたらいいのだけれど、と思うことがあった。すでに述べたが、マーサの心臓は人にやさしくできている。

あの人は画家だという推論を立証しようとして、マーサは奥の部屋から一枚の絵を持ち出した。以前、特価で見つけた品である。これを店のカウンターから見える棚に立てかけた。

ヴェネチアの風景画だった。大理石の宮殿（という触れ込みの絵である）が、でんと前景に立地して——いや、立水して、かもしれないが、あとはゴンドラが何艘《そう》も行きかい（手を水にくぐらす貴婦人が乗っていたりもして）空には雲が浮かんでいる。そんな図柄が明暗の効果たっぷりに描かれていた。もし画家であれば、これに気づかないはずはなかろう。

それから二日後に、あの客が店に来た。

「古いパンふたつ、ありますか」

マーサがパンを包んでいると、客は「絵を飾ったですね」と言った。

「はい？」マーサは計略が図に当たって大喜びだった。「芸術ってすばらしいと思うのよ。それに——」（いやいや、まだ「画家」と言うのは軽率だ、と思って）「絵画っていいですよね」と言い替えた。「この絵、いいと思います？」

「その宮殿」と客は言った。「上手じゃないね。遠近法おかしい。じゃ、これで」

パンを手に、軽く頭を下げた客が、さっさと出ていった。

ともかく画家だわ——。マーサは絵を店から引っ込めた。

眼鏡の奥に柔和な目が光っていた！　いかにも頭がよさそうな顔立ち！　見た瞬間に遠近法を判断する人が、古くなったパンを食べて暮らしている！　よくあることで天才は世に出るまでが苦労なのだ。

もし天才が条件に恵まれたら、芸術や遠近法はどんなことになるだろう。条件というのは、二千ドルの預金、パン屋、やさしい心、なのだけれど——。いやいや、マーサ、それは白昼夢というものだ。

その客が、いくらか店で立ち話をするようにもなった。マーサの明るい話を聞きたいと客のほうが思うらしい。

あいかわらず古びたパンだけを買っていた。ケーキもパイも買わない。マーサご自慢のサリーランだって買ったことがない。

なんだか痩《や》せて元気がなくなったように見える。いつもの侘《わ》びしい買い物におまけを付けてあげたくて、マーサは心が痛いくらいだったのだが、いざとなると心は挫《くじ》けてしまった。あまり思いきったことはできない。芸術家にはプライドがあるだろう。

マーサは青い水玉の絹のブラウスを着て店に立つようになった。じつは奥の部屋でマルメロの実とホウ砂を混ぜたりもしている。こんな秘伝の自家製化粧品はめずらしいものではない。

ある日、いつものように店に来た男が五セント玉を置いて、古いパンを買おうとした。マーサがパンを取ろうとしたら、サイレンと鐘が鳴って消防車が重い響きを上げて通り過ぎた。

客は戸口まで行って外の様子をのぞいた。おかしな行動ではない。だがマーサはとっさの思いつきで、この機を逃すまいとした。

カウンター裏の棚の下段に、一ポンドのバターがあった。つい十分ほど前に乳製品の配達があったばかりなのだ。マーサはパン切りナイフを二個のパンにぐさりと刺して、そこへバターを気前よく突っ込んでから、ぎゅうっと押しつけて切れ目を閉じた。

また客が近づいたときには、もうマーサはパンに紙を巻いて包んでいた。

とびきり楽しいおしゃべりがあって客は帰っていった。マーサは一人で顔をほころばせながら、心臓が小刻みに震えていると思わなくもなかった。

大胆なことをしただろうか。かえって気を悪くされるだろうか。いや、そんなことはない。食べるものに花言葉のような意味はない。バターを入れたくらいで、はしたない出しゃばりと解釈されることはなかろう。

この日、マーサはそればかり気になって仕方なかった。ああいう小細工をしたものの、そうと気づくときの男はどんなだろうかと、つい考えてしまうのだ。

まず絵筆とパレットを置くだろう。イーゼルに制作中の絵があって、もちろん遠近法には文句のつけようがない。

ともかく昼時だと思う画家が、ぱさついたパンと水だけの食事にとりかかる。そしてパンを切ろうとして——あれっ、と気づく!

マーサは顔を赤らめた。あのパンを食べながら、バターを押し込んだ手のことを考えてくれるだろうか。さらには——

店のドアが乱暴に鳴った。騒がしい人が来るものだ。

マーサが急いで出ていくと、二人の男がいた。一人は若くてパイプをくわえている。見たことのない人だ。もう一人は、あの画家だった。

真っ赤な顔になって、帽子を大きく後ろに傾けて、髪の毛はかきむしったように乱れていた。どちらの手も握り拳《こぶし》だ。それを振って怒り狂う。そう、マーサに怒っている！

「ドゥムコプフ！」ものすごい大声でどなりつける。ドイツ語らしいのだが「この、ばかっ、たわけとるかっ」と言ったのかどうか、そんなように聞こえていた。

この勢いを若い男が止めにかかる。

だが怒りはおさまらず、「いや、まだっ。よっく言わないとだめだっ」

男は店のカウンターをどかんと太鼓のようにたたいた。

「めちゃくちゃだ」青い目が眼鏡の奥でぎらついている。「いいか、ああいうのを大《お》っきなお世話というんだっ」

マーサはへなへなと棚に寄りかかり、青い水玉の絹のブラウスを一方の手で押さえた。若い男が怒った男の襟首《えりくび》をつかまえた。

「もういいでしょう。それだけ言えばいい」若い男は、怒った男を外の歩道まで引きずり出してから一人だけ戻ってきた。

「どういう騒ぎなのか、一応、知らせておきますよ。いまの人はブルームバーガーといって、製図屋なんです。僕と同じ建築事務所にいましてね。

ここんとこ三カ月、かかりきりの仕事があったんですよ。ある新庁舎がコンペになってるんで、その図面を引いてたんだけど、きのうインクを入れる作業を終えたんです。まず最初は鉛筆で線を引きますけどね。あとで消すときには、あの人、古くなったパンでこするんです。消しゴムより具合がいいんで。

だからパンを買ってたでしょう。きょうは、ねえ――あんなにバターなんて――いや、もう図面だかバターだかわかんなくなってますが、もっと小分けしなくちゃ駅売りのサンドイッチにも使えませんよ」

マーサは奥の部屋へ行った。青い水玉の絹のブラウスを脱いで、昔から着慣れた茶色のサージの服に替えた。自家製の化粧品は、窓の外のゴミ箱に捨てた。

ブラック・ビルの雲隠れ

The Hiding of Black Bill

ひょろっと痩《や》せているが丈夫そうな赤ら顔の男がいた。ウェリントン公爵《こうしゃく》のような鷲《わし》っ鼻の持ち主で、燃えるような目は亜麻色の睫《まつげ》毛の分だけ和らいで見える。この男がロスピノスの駅でプラットホームに坐《すわ》って、足をぶらぶら揺すっていた。隣にも別の男が坐っているが、こちらは太っていて、みすぼらしく、むさくるしい。どうやら仲間同士のようである。二人ともリバーシブルの上着のような人生という観があった――表にも裏にも隠していたい縫い目がある。

「なあ、ハム、もう四年ばかりも顔を見せなかったじゃねえか」と言ったのは、むさくるしい男である。「どっちの方角へ足を向けてたんだ?」

「テキサス」赤ら顔が言った。「アラスカは寒すぎてな。テキサスはあったかかった。暑い陽気が続いたこともあったが、その頃の話をしてやろうか」

ある朝にインターナショナル鉄道から降りたと思ってくれ。列車が水の補給タンクにさしかかって、おれは飛び降りた。そのまんま列車とはおさらばだ。でけえ牧場のある土地だが、土地のごたごたで嫌がらせに建てたような家もある。そんなのはニューヨークより多いかもしれねえ。あっちのは隣から二十マイル離れてたりするけどな。もちろん何を食ってるのか匂《にお》いでわかるわけがねえ。隣の窓へ二インチまでくっつけて建てるのとは違うんだ。

どっちを向いても道なんてありゃしねえさ。だだっ広い地面を歩くだけのことだ。靴が埋まりそうな草の地面だぜ。メスキートなんていう木が生えてて、それだけ見てると桃畑みたいだったな。それでも地主のいる土地なんだろうから、いつ何時、ブルドッグが団体で噛《か》みつきに来るかわからねえなんて思った。いやはや二十マイルは歩いたかな、ようやく牧場の家が見えた。小せえ家だ。せいぜい高架鉄道の駅くらいなものか。

小男がいたよ。白いシャツに、茶色のオーバーオールを着て、首にピンクのハンカチを巻いてるやつが、戸口の木陰でシガレットを巻いていた。

「すいませんが」と声をかけた。「ちょっとお世話になることはできませんか。いきなり迷い込んできたと思われるでしょうが、なんなら働かせてもらってもいいんで」

「じゃあ、入ってくれ」男はなかなか立派な声を出した。「そこの椅子《いす》へ坐るといい。馬の足音は聞かなかったが」

「まだ馬にはお近づきじゃないんで、ここまで歩きましたよ。あんまり迷惑をかけたくはありませんが、三ガロンか四ガロンの水をもらえましょうか」

「たしかに埃《ほこり》っぽいね。といって、うちにも水浴びができるような――」

「いや、飲ませてもらいたいんで。外っ側についた砂埃はどうでもいいことにしましょう」

するとは吊《つる》してある赤いジャーから水を汲《く》んでくれて、話を続けた。

「仕事をさがしてるのか？」

「しばらく雇ってもらえるといいんですがね。このあたりは落ち着いた土地柄のようで」

「そうだな。どうかすると――まあ、これは聞いた話なんだが――何週間も通りかかる人がいないなんていうこともあるそうだ。おれもここへ来て一カ月しかたってないんでね。もともと開拓したやつが、もっと西へ行こうなんて決めたんで、おれが牧場を買ったんだ」

「あたしは、いい土地だと思いますよ。引っ込んだ静かなところはありがたい。そんなことを思ったりしますね。働かしてもらえませんか。バーテンもできますし、鉱山を有望に見せかけたり、講演をしたり、債券を売り出したり、ちょっとならミドル級のボクシングもできるし、ピアノだって弾けます」

「そんなことより羊飼いで声がかかったことはあるかい？」

「羊から声がかかる？」

「そうじゃない。羊の世話を頼まれたことがあるかと言ってるんだ」

「ああ、なるほど。羊を追っかけて、吠《ほ》えてどやしつけて、コリー犬みたいなことをする――。なんとかなるでしょう。まだ羊を飼ったことはないんですが、よくデージーの花をくちゃくちゃ食ってるのを列車の窓から見たことはあります。あんまり危ない動物じゃなさそうで」

「そういう人手なら欲しいんだ」小柄な牧場主が言った。「メキシコ人は当てにならんからな。いや、羊と言ったって、群れが二ついるだけだ。八百匹くらいなもんだが、そのマトンどもを、そうさな、あすの朝にでも連れ出してもらおうか。賃金は月に十二ドル、食料も支給する。草原でテントを張って羊と暮らすんだ。食事は自炊。ただし薪《まき》と水はキャンプに届けてやる。まあ簡単な仕事さ」

「この話、乗りましたぜ。たとえ頭に花輪をつけて、手元の曲がった杖《つえ》を持って、のんびりした格好で笛を吹いてるなんていうことだってかまわねえ。絵の中の羊飼いはそんなですがね」

　というわけで、その翌朝、小柄な牧場主に要領を教わりながら、おれは羊どもを囲いから二マイルくらい連れ出して、大平原の傾斜地で草を食《は》ませた。群れからはぐれるやつを出さないように、正午には水場へ連れていくようにと、くどいほど言われた。

「夜になるまでには、テントとキャンプ用具、食料を、馬車に積んできてやるよ」

「はあ、頼みます。くれぐれも食料をよろしく。あとは用具と、テントも。お名前はゾリコッファーさんでしたっけ？」

「おれか、ヘンリー・オグデンというんだ」

「承知しました、オグデンさん。あたしはパーシヴァル・セントクレアってんです」

このチキート牧場ってところで、五日間、羊飼いをやったよ。ウールが魂にまでもぐり込んだ感じだ。自然に親しむってやつが身に染《し》みたのかもしれねえ。さびしいとはさびしいさ。ロビンソン・クルーソーの山羊《やぎ》になったよりもさびしい。あんな羊どもじゃ、話し相手にもならねえ。日が暮れりゃあ羊を囲いに追い込んで、コーンブレッドとマトンとコーヒーで食事して、テーブルクロスくらいの大きさのテントで寝てしまう。あっちこっちでコヨーテの吠える声、ヨタカの啼《な》く声がしてたっけ。

五日目の日が暮れて、めんどくさくて愛想のねえお羊様を追い込んでから、牧場主の家へ行って、また戸口から入った。

「オグデンさん、しばらくお付き合い願いますよ。どうも羊ってやつは風景の中にいる分には結構だし、八ドルの服地にもなってくれるんでしょうが、テーブルやら炉端やらの仲間にはなりません。午後のお茶会なんて言ってる連中みたいに付き合いづれえや。もしトランプなり、ボードゲームなり、オーサーズのカードなりお持ちでしたら、出してくれませんかねえ。何かしら頭の体操みたいなことしましょうや。たとえ脳味噌《のうみそ》がぶっ飛ぶことになったって、やっぱり頭は使ってねえと」

あのヘンリー・オグデンというやつは、牧場主にしては一風変わっていた。指輪をして、大きな金時計を持っていて、きっちりとネクタイを締めてやがる。物静かな顔に鼻眼鏡をかけて、これがまあ、ぴっかぴかに輝いていた。いつぞやマスコギーで絞《こう》首刑《しゅけい》になったやつを見たことがあるんだ。六人も殺した無法者なんだが、そいつがオグデンに瓜二《うりふた》つだった。かと思うと、アーカンソーで知ってた牧師さんだって、オグデンと兄弟じゃねえかというくらいそっくりだった。いや、どっちに似てたってかまやしねえ。聖人だろうと大罪人だろうと、親しく交われるんならいい。羊じゃなきゃよかったんだよ。

「そうか、セントクレア」なんて言って、やつは本を読みさしにした。「たしかに慣れないうちはさびしく思うだろうな。おれだって退屈してるには違いない。羊は大丈夫だろうな。ふらふら出ないように追い込んであればいいが」

「ええ、大金持ち殺しの陪審団みてえに、きっちり閉じこもってまさあ。お世話係の出番があるまでには、ちゃんと戻っていてやります」

そこでオグデンがトランプを探し出して、おれとカジノをして遊んだ。なにしろ羊とのキャンプで五昼夜のあとだったから、それだけでもブロードウェーで大騒ぎしているような気分だ。ちょっと大きく勝たせてもらえば、百万ドルの大当たりみたいに愉快だった。そのうちにオグデンも気分がほぐれて、プルマン車両に乗り合わせた女の話なんてのを持ちだしたんで、おれは五分間も笑いっぱなしだった。

ああいうことがあると、人生に絶対というものはないってのがわかるな。うんと世間ずれしちまえば、三百万ドルの火事があろうと、芸能人が通ろうと、アドリア海の景色があろうと、わざわざ目を向けようともしなくなる。だが、しばらく羊飼いでもやってみろよ。「晩鐘、今宵は鳴らすなかれ」なんていう詩にも腹の皮をよじって笑えて、ご婦人方ともトランプをするだけで楽しくなれるさ。

そうこうしてオグデンがバーボンのデカンタを取り出した。こうなったら羊のことなんかすっかり忘れていられる。

「新聞に出ていた事件だが覚えてるかな？」という話が出てきた。「一カ月くらい前だ。M・K&T鉄道で列車強盗があった。荷物係が肩を撃ち抜かれて、一万五千ドルの現金が奪われた。たった一人の犯行だっていう噂《うわさ》だが」

「そう言えば読んだような気もしますね。しかし、まあ、めずらしくもないことですんで、テキサスの人間なら、そういつまでも気にかけちゃいないでしょう。で、その強盗犯を、追っかけてって、とっつかまえて、なんていうことにはなりましたか？」

「いや、逃げた」オグデンは言った。「ところが、きょう読んでた新聞によれば、この近在に逃走先があるらしい。奪った金というのが、エスピノサ・シティのセカンドナショナル銀行へ行くはずの発行直後の新札でね、それが使われた形跡から足取りをたどると、こっち方面に来るんだそうだ」

　オグデンはバーボンをつぎ足してから、おれにボトルを突き出した。

「おそらく――」おれは上等な酒を少しだけ喉《のど》に落としてから言った。「このあたりに潜伏して、ほとぼりを冷まそうってのは、まっとうな策だと言えるんじゃありませんかね。そう、羊の牧場なんて、おあつらえの隠れ場所になります。鳥が啼き、羊がいて、野に花が咲く。そんなところに無法なやつがいるとは誰も思わないでしょう。ところで」と言いながら、おれはオグデンに目を走らせた。「その単独犯というやつの特徴みたいなものは出てますか？　人相だとか、背格好、歯の治療歴、服装なんていうような」

「いやあ、出てなかった。なんでも覆面をしてたそうで、ちゃんと見た者はいないんだ。ただ、ブラック・ビルという列車強盗だということはわかってる。いつも一人で動くやつだ。そいつが名前の入ったハンカチを荷物車に落としていた」

「そうですか。まあ、羊牧場の一帯へ逃げたのは妙手ですね。たぶん見つからないでしょうよ」

「つかまえたら千ドルの賞金だってさ」オグデンは言った。

「あたしには用のない金ですね」おれは羊の旦那《だんな》にじっと目を向けた。「月に十二ドルいただけば充分なんで。のんびりさせてもらって、いくらか金がたまったらテクサーカナへ行く旅費にします。親父《おやじ》が死んでからお袋が一人暮らしなんですよ。もしブラック・ビルってやつが――」おれは目でものを言うようにオグデンを見て、「まあ、ひと月前ですかねえ、こっちへ流れてきて、ちょいとした羊牧場を買ったとしても――」

「よせよ」オグデンは椅子を立ったが、その顔には凶相が浮いたようにも見えた。

「やけに思わせぶりなことを――」

「とんでもねえ。そんなんじゃありません。ちくっと仮の話をしてみただけで――。ま、しかし、そのブラック・ビルがこのあたりで羊牧場を買って、あたしを雇って羊飼いの坊やにしたんだとしても、こんなに良くしていただけるんなら、その人を売るなんてことはありっこねえ。羊にせよ列車にせよ、どんな面倒くさい関わりがあったって男は男だ。ね、これでもう、あたしの立場はおわかりでしょう」

オグデンは九秒ほど黙って、キャンプのコーヒーみたいに黒ずんだ顔つきになってたが、それから面白がったような笑い声をあげた。

「よさそうなやつだな、セントクレア。もし仮におれがブラック・ビルだったとしても、おまえなら安心できそうだ。じゃあセブンアップでも一番か二番やろうか。列車強盗と遊ぼうって気になれば、だがな」

「あたしが口に出すことは腹ん中と一緒です。へんな思惑は絡《から》んでませんよ」

ひと勝負したあとで、またカードをシャッフルしながら、ひょっこり思いついたようにすっとぼけて、どこの出なのかと聞いてみた。

「ああ、ミシシッピ渓谷さ」

「そりゃ、いいとこですね。何度も行ってますよ。ただ、シーツはあんまり乾かねえし、食いものもどうでしょうね。あたしはってえと、ずっと西のほうなんで。だいぶ太平洋に寄ってるんですが、そっちへ行かれたことは？」

「風がぴゅうぴゅう吹きやがるよな」オグデンは言った。「だが、もし中西部へ行くことがあったら、おれの名前を出してみな。足をあったためてドリップコーヒーを飲めるくらいには歓迎してもらえるぜ」

「いやあ、何もその、私用の電話番号を教えてもらおうとか、カンバーランド長老教会の牧師をものにした叔母さんのミドルネームを聞きだそうとか、そんな細かいことはどうでもいいんで。この羊飼いを当てにしてもらって結構だと言いたいだけなんですよ。おかしな掛け合いで神経をすり減らすにはおよびません」

「まだ言ってやがる」オグデンは笑った。「もしおれがブラック・ビルで、その正体に感づかれたと思ったんなら、おまえにウィンチェスターの弾をぶち込むだけじゃないのか。それでもう神経をすり減らすも何もありゃしない」

「どうですかね。その神経が一人で列車を襲うほどに図太いんなら、そんな下手なことはしないでしょう。あたしは、これでも世間を見てるほうなんでね、そういう人間は知り合った者を大事にするらしいってことは知ってますよ。いや、あたしは羊飼いに雇われただけですんで、オグデンさんのお知り合いだなんて言ったらおこがましいですがね。しかし、もっと遠慮のねえ出会い方をしてれば、お仲間になれたかもしれません」

「いま羊の話はするなって。いいから一枚引けよ」

それから四日ばかりたった昼頃に、マトンどもは水場にいて、おれはポットでコーヒーを淹《い》れようとする最中だったんだが、その草地へ静かに馬を歩かせてきたやつがいる。たぶん服装にものを言わせたいのだろう。カンザスシティーの刑事と、バッファロー・ビルと、バトンルージュの野犬捕獲人を足して割ったような格好をしていた。面構《つらがま》え、また目つきからして、戦闘態勢ができているとは見えない。こいつは偵察に来ただけだろう。

「羊の世話かい？」と男が言う。

「そう。どうやら押しの強そうな人だから、うっかりした軽口はたたけねえ。ブロンズの古美術に装飾をつけてるとか、自転車の鎖歯車に油を差してるとか、そんなことは言わずにおくよ」

「そういう口のききようも、見た目の様子も、ただの羊飼いとは思えないね」

「あんたは見た目のとおりにしゃべってるね」

そうしたら雇い主は誰だと聞かれたんで、おれは男にチキート牧場の方角を指してやった。二マイル先で、低い山の陰になっている。男は保安官の補佐なのだと言った。

「ブラック・ビルっていう列車強盗がこのあたりにいるらしい。サンアントニオまでは足取りをたどったが、もっと逃げたのかもしれない。この一カ月ほど、ふだん見かけないやつがいたとか、そんな噂を聞いたなんてことはなかったか？」

「ありませんね。でも、そう言えば一人いたかな。フリーオ川のほとりのルーミス牧場。そのメキシコ人居住区に、いままで見なかったやつがいるそうで」

「どんなやつだ？」

「生まれて三日の赤ん坊」

「おまえを雇ってるのは、どんな男なんだ？　牧場の持ち主は、いまでもジョージ・レイミーなのか？　あの爺《じい》さん、かれこれ十年も羊を追い回して、結局どうにもならなかったが」

「その爺さんが牧場を売って、西へ行っちまったんですよ。もう一人、羊をどうにかしたがる男が買い取った、というのが一カ月前のこと」

「だから、どんな男なんだ？」

「はあ。でっけえ太ったドイツ人ですよ。長い髭《ひげ》に、青い眼鏡。たぶん羊と地リスの見分けもつかねえんじゃないかな。牧場だって、いくらで買ったんだか、ずいぶん吹っ掛けられたんだろうと思いますね」

しばらくの間、ろくに嚙み合わない話をして、おれが持ってた昼の食料を三分の二くらい食いやがってから、そいつは去っていった。

その晩、おれはオグデンに事情を知らせた。「捜査の手が蛸《たこ》の足みてえに伸びてるようです」おれは保安官補佐にでたらめを聞かせたと言って、補佐が言っていたことも伝えた。

「そうかい」オグデンは言った。「まあ、あんまり首を突っ込むのはよそう。こっちはこっちの気苦労もあるんだ。戸棚のバーボンを出せよ。ブラック・ビルの無事を祈って飲もうじゃないか――」オグデンはいつもの笑いを発して、「列車強盗に偏見がなければ、な」

「ありませんよ。仲間を大事にするやつなら、大事にしてやりましょう。ブラック・ビルってのは、そうなんでしょうね。では、ブラック・ビルに、その幸運を祈って」

というわけで、おれたちは酒を飲んだ。

二週間後、羊の毛を刈ることになった。羊どもは牧場に集められ、きたない髪のメキシコ人が動員されて刈りばさみでちょきちょきと毛を刈っていく。そんな床屋さんが来る前日の午後に、おれは未処理のマトンちゃんを追い立てて、丘を越え、谷を渡り、曲がりくねる小川に降りて、また上がって牧場へ向かわせると、囲いの中に閉じ込めて、じゃあ、おやすみ、と言ってやった。

それから牧場の家に行った。オグデンの旦那は小さな寝台にひっくり返って眠っていた。おそらく睡眠過多というか不眠不足というか、羊商売の職業病にとりつかれていたのだろう。大きく口を開け、ヴェストの胸も開いて、その寝息は中古で買った自転車の空気入れを思わせた。こんな姿を見ていると、つい物思う心を誘われる。「ああ、皇帝シーザーよ、かくなる寝姿にあっては口を閉じ、風を入れぬがよかろうに」

男の寝姿なんていうものを見たら、天使だって泣きたくなるだろう。頭脳、筋肉、後ろ盾、度胸、威勢、家柄のコネ、というようなすべてが何の役に立とうか。こんなところに敵が来たらひとたまりもあるまい。もし味方であれば、なおさら思いのままだ。どれだけ美しい光景かというと、午後十二時半のメトロポリタン・オペラハウスに寄りかかるようになってアラビアの平原の夢を見ている馬車馬くらいには美しい。ところが女であれば話は別だ。どんな寝顔になっていようとも、寝ていてくれたほうが扱いやすい。

おれは勝手にバーボンを一杯飲んで、オグデンの分までいただいて、ご就寝中にゆっくりさせてもらおうと思った。テーブルの上に何だかんだと本が出ていて、その内容は雑多なものだ。日本、排水工事、健康法――。いくらかタバコが出ていたのは、なかなか結構なことだった。

しばらく煙をふかして、オグデンの特別仕立ての寝息を聞いていたのだが、ひょいと窓から毛刈り場のほうへ目が行った。そっちには道みたいなものができていて、ずっと先の川みたいなものを渡る道みたいなものからの分かれ道になっている。

五人の男が馬に乗って近づこうとしていた。どの馬の鞍《くら》にも銃身が見えて、おれがキャンプ中に話しかけてきた保安官補佐もいる。

その五人が散開して、いつでも銃を撃てるような構えで、慎重に馬を進めてきた。法と秩序を振りまわして人の粗探しをする騎馬隊の、こいつが親玉だろうというやつに、おれは目星をつけた。

「こんばんは、皆さん」と声をかける。「降りて、馬をつないだらいかがです?」

親玉がぐっと前に出て、振りおろすように向けてくる銃口が、おれの全身をとらえるようだ。

「そのまんま手を動かすんじゃねえ」親玉が言う。「聞きたいことがあるんで、ちゃんと話がすむまでじっとしていろ」

「わかりましたよ。耳も口も達者ですんで、仰《おお》せのままに答えることができます」

「おれたちはブラック・ビルを追っている。五月にMKT線で一万五千ドルの列車強盗をやらかした。いま牧場という牧場を虱潰《しらみつぶ》しに捜索中だ。おまえの名前は?　ここでは何をしてる?」

「はあ、隊長さん、あたしはパーシヴァル・セントクレアって仕事で、名前は羊飼いで、子牛の番を……あ、いや、マトンの番をして、今夜は囲いの中へ入れてまして、あしたは捜索……毛刈りがあるんで、羊の床屋が来て、毛を剃《そ》ったならローションみてえなのはどうか――」

「ここのボスはどこだ?」

「はあ、ちょっとお待ちを。あのう、いまの前段にあった悪党ですが、つかまえたら賞金なんてもんは出るんでしたっけ?」

「千ドルの賞金がかかってる。ただし、逮捕して訴追にいたる功があればの話だ。通報しただけでどうという条項はないな」

「あした、あさって、ひょっとすると雨かねえ」おれは青を濃くする空を見上げて、くたびれた声を出した。

すると隊長の言葉遣いがおかしくなって、「だから、そのブラック・ビルってやつの、所在、性癖、隠れ方なんてものに、ちょこっとでも心当たりがあんならよ」と、へんな訛《なま》りが出ている。「知ってて通報しねえなら、おまえだって法律とお近づきになるんだぜ」

「あのう、柵《さく》を修理する男に聞いたんですが」たどたどしく言ってやった。「あるメキシコ人が、ジェイクっていうカウボーイに、ヌエセス川の岸のピジンの店で言ったんだそうで。二週間前にマタモラスの羊農家の従兄弟《いとこ》っていうやつがブラック・ビルを見かけたとか」

「そうかい、口が固いのは結構だが、おれの言うことも聞いておけ」隊長は取引を持ちかけるような目になっていた。「おまえのおかげでブラック・ビルをとっつかまえることになったら、百ドルという金をおれの——おれたちの自腹で出そうじゃないか。豪儀だろう。ほんとなら何にも出ねえんだぞ。そういうことでどうだ？」

「じゃあ、いま現金で？」

隊長は部下とごそごそ相談をして、それから一同そろってポケットをまさぐり中身の点検をした。どうにか合算して出てきた結果が、現金で百二ドル三十セントと、三十一ドル分の噛みタバコだ。

「あの、隊長さん、ちょいとお耳を拝借」と言うと、この男が寄ってきた。

「あたしは、すっからかんの貧乏で」と、おれは言った。「まったく落ちぶれてます。ふらふら歩き出すことしか考えない動物を何匹もまとめて、月に十二ドルですよ。サウスダコタ州よりはましかもしれませんが、こんなところにいるのは情けなくてかないませんよ。昔は、羊といやあチョップ肉としか思わない人間だったんですからねえ。

それが身を持ち崩しましてね。大志を抱いたというのに、あえなく潰《つい》えてからはラム酒に溺《おぼ》れまして、またスクラントンからシンシナティまでペンシルベニア鉄道沿線で作ってるカクテルみたいなもののせいでもありました。ドライジン、フレンチ・ベルモットに、ライムをひと搾《しぼ》りして、オレンジビターズを威勢よく入れるってやつで──。ま、あっちのほうへ行くことがあったら、ぜひ一度は賞味してやってください。で、さっきの話ですが、これでも仲間を裏切ったことはねえ男でしてね、仲間が裕福であれば仲間に寄り添い、おれが苦境に喘《あえ》ぐなら、おれは決して仲間を見捨てない。しかしまあ、今度の場合は、仲間がどうこうってことじゃねえんです。月に十二ドルなんてのは、ただの顔見知りくらいの値段でしょうが。インゲン豆とコーンブレッドだって、友情の印として食わせるようなもんじゃありません。あたしは貧乏なやつでしてね。テクサーカナにはお袋が一人になって暮らしてます。そのブラック・ビルなら家の中で寝てますよ。入って左の部屋の寝台で。ふだんの言葉遣いの端々から、あいつに間違いないでしょう。たしかに仲間と言って言えないこともないですがね。こんなになる前のあたしだったら、鉱山から出るものをごっそりもらったって、あの人を裏切りたくはならなかったでしょう。ところが、毎週、出てくる豆の半分は虫食いで、キャンプ用の薪も全然足りやしません。

いいですか、あわてないで慎重に。かっとなることもある男ですからね。このごろの仕事ぶりを考えても、いきなり踏み込んだら、どう暴れ出すかわかりません」

それで追跡隊が馬を降り、その馬をつないでから、いつでも撃てる態勢になって、そうっと家に忍び込んだ。おれも尻尾《しっぽ》にくっついていたのだから、サムソンの秘密を敵に売るデリラになったようだ。

隊長がオグデンを揺り起こした。するとオグデンが跳ね上がったので、あと二人の賞金稼ぎも手を貸した。オグデンは体つきは細っこいが、あれだけ多勢に無勢ながら暴れまくったやつは見たことがねえ。

「何なんだ、こりゃあ」ようやく押さえつけられてから、やつは言った。

「とっつかまったんだよ、ブラック・ビル」隊長が言った。「それだけのことだ」

「なにを馬鹿《ばか》な」H・オグデンはますます怒っている。

「そうだよな」平和を守る正義の隊長が言った。「鉄道を恨む謂《い》われなんかなかろうに。積荷にちょっかいを出しちゃいけねえという決まりはあるんだぜ」

隊長は仰向けになったオグデンにまたがり、入念な身体検査をしていった。

「覚えてろ。あとで冷や汗かくことになるぞ」オグデンは自分が汗だくになって言った。「おれを誰だと思ってやがる」

「こういうやつだろうが」隊長はH・オグデンの内ポケットから札束をつかみ出していた。エスピノサ・シティのセカンドナショナル銀行へ行くはずの新札だ。「いまから名刺を出して、ご訪問は火曜と金曜にとか何とか印刷してあったって、そういう者ですとは言わさねえぞ。現金が出てきたんじゃ言い逃れはできまい。さあ、立て。お出かけだ。きれいに白状してもらうぜ」

H・オグデンは立ち上がって、ネクタイの具合を直した。現金を取り上げられてからは口をきかなくなっている。

「うまく考えたもんだな」保安の隊長が感心して言った。「ろくに人の手も入らないあたりへ逃げて、目立たねえ羊牧場を買ったとはな。こんな上出来な隠れ家がありやがったか」

部下の一人が羊の囲いを見に行って、そっちにいた羊飼いを呼びつけた。ジョン・サリーズという名前で通っているメキシコ人だ。この男がオグデンの馬に鞍をつけた。銃を手にした騎馬隊が取り巻いて、町へ連行していく。

出発前のオグデンは、あとは頼むぞとジョン・サリーズに言って、毛を刈る作業、草を食わせる場所について、これから何日か留守にするだけのような言い方で指示を出していた。それから二時間ばかりあとのこと、パーシヴァル・セントクレアと名乗ってチキート牧場で羊飼いをしていた男が、百九ドルという金を――稼いだ分と裏切りの報酬を――ポケットに入れて、この牧場の馬で南へ向かっているのが見られた……かもしれない。

ここまで語った赤ら顔の男が、耳をすます顔になった。遠くの丘陵地帯から貨物列車の汽笛が聞こえたのだ。

その隣に坐っている太ってむさくるしい男が、ふふんと笑った。きたない髪の頭をゆらりゆらり小馬鹿にしたように振ってみせる。

「どうした、スナイピー。また塞《ふさ》ぎの虫か」

「そんなんじゃねえ」むさくるしい男がまた笑った。「いまの話が気に入らねえんだ。おれたちは仲間だ。くっついたり離れたりしながら十四年は続いてらあ。おまえは、ただの一度だって、密告して裏切るようなことはしなかったはずだ。聞いたこともねえ。ところが、いまの話じゃあ、そいつのところで腹をふくらまして、カードの勝負で遊ばしてもらって――まあ、カジノってのが、そういうもんだとしてだ――それでもって保安官に売り渡して金をもらったなんてのは、全然おまえらしくねえじゃねえか」

「そのH・オグデンてやつはよ」赤ら顔の話にはまだ続きがあった。「ちゃんと弁護士がついて、アリバイの証明やら何やら法律上の決め手があったおかげで、晴れて自由の身になったそうだ。そんなことを、あとで聞いたよ。ひでえ目に遭わせてやしねえ。あいつには世話になったんで、ほんとなら引き渡したくなかったさ」

「だけどポケットに札束があったんだろう」

「おれが入れたんだ」赤ら顔は言った。「追っ手の馬が見えたんでな。やつは寝ていた。ブラック・ビルってのは、おれのことだよ。ほら、スナイピー、もう来るぜ。あの列車が給水で止まったら、バンパーに飛び乗るぞ」

未完の物語

An Unfinished Story

焦熱地獄の火に焼かれ、などと言われても、いまどきの人間は灰をかぶって痛悔するようなことをしない。神とはラジウム、エーテル、そんなような化合物であって、われら罪深き者にもたらされる劫罰《ごうばつ》も、すなわち化学反応にすぎない、などと言い出す説教師もいるくらいだ。なかなか楽しい仮説ではあると思うが、さりとて昔ながらの教義による恐ろしき戒めも、まだまだ消え去ったわけではない。

自由気ままな発言をしておいて、なお言い返される余地がないという話題が、二つだけある。まず夢については勝手なことが言える。またオウムがしゃべったことだとして話すのもよい。眠りの神も、しゃべる鳥も、証人としては認知されまい。だったら何を言おうが聞き手に突っ込まれる心配はない。ここでは私が夢に見たという、あやふやな土台に成り立った話をしよう。オウムのおしゃべりにしてもよいのだが、それでは話が限られてくるので、ここでは夢ということにさせていただく。

私が見た夢は、聖書の歴史研究とは遠く隔たっていて、どちらかというと大昔からの由緒《ゆいしょ》正しいとも古くさいとも見られる審判の説に近いものがありそうだ。

天使ガブリエルが、いよいよ最後の切り札を持ち出して、ついていけなくなった者は資格検査にならばされた。ひょいと見ると保証人らしき一団がいる。黒い服を着て、うしろにボタンがある襟《えり》をつけているので聖職者のようでもあるのだが、権利書を見ても不明な点があるらしく、即座に立ち退《の》きを迫ろうとする気配ではなかった。

すると警官が飛んできて――天使の警官である――私の左の腕というか翼をつかまえた。すぐ近くには、えらく羽振りのよさそうな連中が死んだばかりで、やはり天国行きの審判にならばされている。

「おまえも仲間か?」と警官が言った。

「あれは誰なんです?」というのが私の答えだ。

「ああ、あれか――」

いや、どうでもよい話はこれくらいにして、物語を進めよう。

ダルシーはデパートの店員をしていた。刺繍《ししゅう》レースを売り、ピーマンの肉詰めを売り、自動車も売り、そのほかデパートにありそうな細々《こまごま》したものを売った。売上高から週に六ドルを給される。残りの分は彼女の名前で貸しとなり、ほかの名前が借方となって、神様の帳簿に記載され――あ、いや、先生、世界の根源たるエネルギーとおっしゃいましたっけ――では、根源エネルギーの帳簿に記載される、と申しましょう。

ダルシーは勤めたばかりの年には週に五ドルもらっていた。それだけの薄給でどうやって暮らせたのか、後学のために知っておくのもよいだろう。知らなくてよい？では、よろしい。大きな金額にしか興味がおありではないようだ。それなら六ドルの話をしよう。五ドルよりは大金だ。週給六ドルでどうやって過ごしたか。

ある日の午後六時、ダルシーは帽子留めのピンを髪に挿した。かろうじて延髄から八分の一インチくらい外して挿しながら、店員仲間のセイディに——いつも身体《からだ》の左側で接客するセイディに——こんなことを言っている。

「あのねえ、今夜、ピギーとお食事デートの約束なのよ」

「えっ、うそ！」セイディは感嘆の声を上げた。「それって幸運だわよ。ピギーならすごいじゃない。すごいところへ連れてってくれるらしいわ。ブランチが誘われた晩は〈ホフマン・ハウス〉へ行って、音楽もすごいし、すごい人がたくさん来てたんだって。すごいことになるわよ」

ダルシーは急いで帰宅した。目を輝かせ、頬をほんのり染めている。これは人生の——そう、いま人生の現実となりそうな——夜明けが近づいている色だ。きょうは金曜日で、まだ給料を五十セント残している。

混雑する時間帯で、街路が人であふれていた。ブロードウェーに電気の街灯が明るい。これが誘蛾灯《ゆうがとう》になって、何マイル、何十マイル、何百マイルも彼方《かなた》の暗がりから蛾を集め、身を焦《こ》がす群れができている。きっちりと型通りの服装に身を包み、老水夫が手慰みでサクランボの種に彫ったような顔の男たちが、急いで歩くダルシーに振り向いて目を見張るのだが、ダルシーは気づかぬ体で通り抜けていった。マンハッタンという月下美人が、その真っ白で濃厚な香りの花弁を、いままさに開こうとしている。

ダルシーは安物の店に立ち寄り、レースの襟の模造品を五十セントで買った。もともとは他の使い道を考えていた。夕食に十五セント、朝食に十セント、昼食に十セント。あと十セントはささやかな貯金にまわしてから、五セントの贅沢《ぜいたく》としてリコリス味のドロップを買うつもりだった。口に入れていると歯が痛くなったみたいに頬がふくらんで、そのように長続きするものがよい。たしかに贅沢で、バカがつくほどの贅沢かもしれない。でも楽しいことがなければ人生なんてやっていられない。

ダルシーは家具つきの部屋に住んでいる。これが下宿屋とどう違うかというと、備品だけで食事はつかないので、たとえ飢えそうになっても誰にも気づいてもらえない。

ダルシーは自室へ上がった。ウェストサイドにあって、表から見れば茶色っぽい石造りの建物の、三階の奥に部屋がある。まずガス灯をつけた。科学者に言わせればダイヤモンドより硬いものはないはずだが、そんなことはない。ある化合物が家主の女には知られていて、その硬さにくらべればダイヤモンドなどパテのようなものだ。これをバーナーの先端に押し込んで、ガスの出を悪くする。こんなものは穿《ほじく》ってしまおうと椅子《いす》に乗って頑張っても、指が赤くなって痛むだけだ。ヘアピンで突っついても取れない。こうなるともう除去不能と言わざるを得ない。

さて、ダルシーはガスを灯《とも》した。やっと四分の一燭光《しょっこう》ほどの明るさで、この部屋を観察するとしよう。

カウチ兼用のベッド、化粧台、テーブル、洗面台、椅子——と、ここまでは家主の責任範囲だ。あとはダルシーの問題となって、化粧台には大事な宝物が載っている——セイディにもらった金色の花瓶、ピクルス会社が配ったカレンダー、夢占いの本、ガラス皿に美肌用の米の粉、ピンクのリボンでつないだ飾り物のサクランボ。

よれよれの鏡の前に、キッチナー将軍、ウィリアム・マルドゥーン、マールバラ公《こう》爵《しゃく》夫人、ベンヴェヌート・チェッリーニの肖像が立っている。一方の壁に寄せて、アイルランドの軍人がローマ風の兜《かぶと》をかぶった姿で、焼石膏《やきせっこう》の像になっている。その隣には油絵に似せたタッチの版画で、レモン色の子供が燃え立つような蝶《ちょう》をつかまえようとしている。このあたりが彼女の審美眼の行き着くところであって、それが揺らぐことはない。美術界のゴシップに心を騒がせたこともなく、昆虫採集の幼児に目くじらを立てる評論家とも無縁だった。

　ピギーは七時に迎えに来る手筈《てはず》になっている。彼女が急いで身支度を整える間に、われわれは気を利《き》かせて目をそらし、あれこれの話をしていよう。

　この部屋の家賃は週に二ドルだ。平日には朝食代に十セントかかる。着替えをしながら、ガス灯の炎を利用してコーヒーや卵くらいなら加熱することができる。日曜日の朝にはお大尽気分になって〈ビリーズ〉という店へ行き、仔牛《こうし》のチョップとパイナップルのフリッターを食べてしまう。これが二十五セントで、ウエートレスへのチップが十セント——。ニューヨークというところには、つい不相応な散財に走りたくなる誘惑がいくらでもある。いつもの昼食は、デパート内のレストランで、週に六十セントかかっている。夕食には一ドル五セント。夕刊を読むので、その新聞代が——日々の新聞を読まないニューヨーカーがいたらお目にかかりたい——六十セントになる。日曜日には二紙を読んでいる。一方は個人広告欄が目当てで、もう一方は普通に読むのだが、それでまた十セント。何だかんだ合計して四ドル七十六セント。それにまた服だって買わなければ生きられない——

　いや、これ以上は書けない。衣料品にはバーゲンがあって、また自分で針と糸を動かせば奇跡のような成果が上がることは聞いているが、それしても赤字である。いまダルシーのためを思って書こうとするペンが、宙に浮いたままどうにもならなくなっている。天が公平を期して定めたあらゆる不文律、神の法、自然の法、休眠中の条例にも鑑《かんが》みて、女が正当な楽しみとするべきものを、ダルシーの生活にも書いてやろうとして困っているのだ。コニーアイランドへ行ったことは二度あって木馬に乗っている。楽しいことが毎時間あるのではなく、せいぜい毎夏に一回だけとしたら、これは侘《わ》びしいことである。

ピギーについては多言を要しない。若い女が豚ちゃん《ピギー》という名前をつけてしまったので、とばっちりを食った高尚なる豚の一族が謂《い》われなき汚名を着せられることになった。どんな人物かというと、初等教本で覚えやすい単語のお勉強をすれば間に合ってくれる。ピギーさんは太っている。ネズミさんのような精神で、コウモリさんみたいな暮らしをして、ネコさんくらいに心が広い……。

着る服には金がかかっている。また空腹の研究が趣味である。ショップガールを一目見るなり、その女がマシュマロとお茶という以上の栄養を補給してから何時間くらい経過したのか察知する。商業地区を徘徊《はいかい》し、デパートの売場を物色して、ディナーはどうかなと誘いをかける。犬を散歩させて街を行く男から見れば、ただ下劣なだけである。ありきたりな人間像であって、長々と語ってやるまでもない。こんなやつのことを書きたくない。うまいこと書いて一丁上がりとはいかない。

あと十分で七時。ダルシーの支度はできていた。よれよれの鏡を見る。よさそうな女が映った。ダークブルーのドレスは、ぴたりと身体に合って、よれよれではない。帽子には小《こ》粋《いき》な黒い羽根がついている。手袋だって（ほとんど）汚れていない。ここまで来るには食べるものも惜しんで節約した。そういう晴れ姿になって、ものすごく似合っている。

束《つか》の間《ま》だけ、ダルシーはすべてを忘れた。きれいな女だという自意識と、いよいよ人生がちらりと神秘のヴェールを持ち上げて、その素晴らしさを見せてくれるという意識しかなかった。いままでに男性から誘われたことはない。いよいよ今夜はきらきら輝く世界をのぞく機会だ。

女同士の噂《うわさ》では、ピギーは「派手に遣う」人だそうだ。きっと豪勢な食事になって音楽がつくのだろう。絢爛《けんらん》たる装《よそお》いの婦人連が来ているだろうし、おいしい料理も出るだろう。そんな話をしようとすると、なぜか女たちは口がねじれたようになる。ダルシーも何度か誘われることになるはずだ。

あるウィンドーに青い絹紬《ポンジー》のスーツが出ている。あれだって、もし毎週十セントじゃなくて二十セントの貯金をしたら、いずれは――ああ、何年もかかりそう！　でも七番街の古着屋へ行ってみれば、ひょっとして――

ドアにノックの音がした。ダルシーはドアを開けた。家主が作り笑いを浮かべて、くんくんと鼻をきかせる。灯火のバーナーで調理したらガスの不正使用だ。

「下に男の人が見えてるわよ。ウィギンズさんていう人」

ピギーとまともに応対する不幸な人々には、そういう名前で知られている。

ダルシーはハンカチを取ろうとして化粧台を向いた。ぴたりと静止し、下唇を嚙《か》みしめる。さっきまで鏡を見ていた間は、おとぎの国に自分がいた。長い眠りから覚めようとする王女様だった。それを美しくも厳しい目で悲しげに見ている人のことは忘れていた。ダルシーがすることの是非を問うてくれるのは、この人しかいない。すらりとした長身の背筋を伸ばして、立派な顔立ちに愁《うれ》いの色を浮かべ、嘆かわしそうな非難の眼差《まなざ》しを投げている。化粧台の上で金色の額におさまったキッチナー将軍が、みごとな目で彼女を見据えているのだった。

ダルシーはからくり人形になったように管理人に向き直った。

「行かれないって言ってください」くすんだ声になった。「いま気分が悪いとか何とか、適当なこと言っていいです。きょうは出かけないって言ってください」

ドアを閉めて、鍵《かぎ》もかけてしまって、ベッドに倒れ込んだので黒い羽根の先がつぶれ、そのまま十分ほど泣いていた。友人と言えるのはキッチナー将軍だけなのだ。ダルシーにとっては理想の騎士像である。心に秘めた悲しみがあるようで、口元の髭《ひげ》が夢のようで、厳しいのに優しそうな目がちょっと怖い気もする。こんな人がいつか現実に訪ねてくるという、ちゃちな空想をしたこともあった。深いブーツに剣のあたる音を響かせて、彼女を誘いに来てくれる。いつぞやは子供が街灯の柱に鎖をぶつけて遊んでいる音に、つい窓をあけて顔を出してしまった。もちろん何にもならない。キッチナー将軍は遠路はるばる日本へ行ったか、野蛮なトルコ軍との戦いに指揮を執っているか、ともかく金縁の額から出てきてくれることはない。でも、この人に見られたことで、今夜はピギーが消し飛んでしまった。そう、今夜はもうだめ。

泣きやんだダルシーは、起き上がって晴れ着を脱ぎ、いつもの青いキモノ風のガウンを着た。食事の気分ではない。「サミー」を二節ばかり口ずさんでいたら、やけに気になったのが小鼻の横のぽつんと赤くなった一点だ。これを手入れしておいて、がたついたテーブルに椅子を寄せ、古いトランプの札で運勢を占った。

「いやなやつ。図々《ずうずう》しい」はっきり声に出して言った。「あたし、その気にさせるようなことは言ってない。こっちから色目を遣ったわけじゃない」

九時。クラッカーの缶とラズベリージャムの小瓶をトランクから出して、むしゃむしゃ盛大に食べた。キッチナー将軍にもジャムを塗ったクラッカーを出したが、将軍はスフィンクスが蝶を見るような目で——もし砂漠に蝶がいたらの話だが——見ているだけだった。

「いいのよ、食べたくないなら食べなくても」ダルシーは言った。「そんなに気取って、叱《しか》るような目をしなくてもいいじゃない。週に六ドルで暮らすとしたら、つんと澄ましてなんていられないでしょうよ」

ダルシーがキッチナー将軍に食ってかかるのは、好ましい兆候ではない。さらにはベンヴェヌート・チェッリーニの顔も容赦なく伏せてしまったが、これには弁解の余地がなくもない。その正体はヘンリー八世だろうと彼女は思っていて、だから是認できない人物でもあるのだった。

九時半。ダルシーは最後にもう一度化粧台に目を向けて、ガス灯を消し、ベッドにすべり込んだ。キッチナー将軍、ウィリアム・マルドゥーン、マールバラ公爵夫人、ベンヴェヌート・チェッリーニという顔ぶれを見て眠りにつくというのだから大変なものだ。

というだけの物語であって、これ以上どうにもならない。この続きは、いずれまた

——ピギーがダルシーを夕食に誘うことをあきらめず、彼女がいつもよりさらに孤独を感じていて、キッチナー将軍がよそ見をしていたということにでもなれば、そのときはそのときで——

　すでに述べたように、私は夢を見た。羽振りのよさそうな連中が死んだばかりで立っていて、私も警官に翼をつかまれ、おまえも仲間かと問われた。

「あれは誰なんです？」私は言った。

「ああ、あれか。若い女を雇っていたやつらだ。週に五ドルか六ドルの食い扶持《ぶち》で働かせた。おまえも同類なのか？」

「いえ、そんなことは断じて、もう金輪際ありません。私なんて、孤児院に放火したり、わずかな金を目当てに盲人を殺したり、それだけの小悪党ですから」

にせ医者ジェフ・ピーターズ

Jeff Peters as a Personal Magnet

ジェフ・ピーターズは、あの手この手の金儲《かねもう》けを企《たくら》んで、世を渡ってきた男である。その手口の種類と言えば、サウスカロライナ州チャールストンのライス料理のレシピほどにもあるだろう。

なかんずく、大道で薬売りをしたという昔話を聞かせてもらうのが、私には楽しいことである。街角に立って、塗り薬やら咳止《せきど》めやらを売ったという。その日暮らしで、会う人ごとに心をつかみ、無一文になるかどうかの運命を賭《か》けてコイン投げをするように生きていた。

「アーカンソーのフィッシャー・ヒルという町へ流れていった」と彼の話が始まった――。

あのときの服装を言うなら、おれは上着もズボンも鹿革《しかがわ》で、モカシン靴をはいて、髪の毛は長く伸ばし、三十カラットというダイヤの指輪をつけていた。こいつはテクサーカナで役者をしていた男からポケットナイフとの交換で巻き上げたんだが、あれからナイフがどうなったのか、そんなことは知らねえ。

おれはインディアンの呪《まじな》い師ドクター・ウォーフーっていう触れ込みだ。たいした名医なんだぜ。このときの売り物はすごかった。もうこれしかないという良薬で、口には苦いが滋養強壮、名付けて元気回復ビターズという薬用酒だ。命を育《はぐく》む各種の薬草を調合したのだが、もとを正せば、チョクトー族の酋長《しゅうちょう》の美人妻、その名をタクワラという人が、年に一度のトウモロコシ踊りを前にして、犬を煮る料理の付け合わせを採りに行ったところ、偶然に見つかった草だという。

ところが、一つ前に行った町では、あんまり商売繁盛《はんじょう》とはいかなかったんで、現金の持ち合わせは、たったの五ドルになっていた。そこで町のドラッグストアへ行って、八オンス入りの壜《びん》とコルク栓をそれぞれ六ダース、どうにか掛け売りで譲ってもらった。ラベルと薬の素は、前の町で売れ残ったのがカバンに入っていた。宿をとって、蛇口から水が出る部屋で、テーブルにずらずらと元気回復ビターズがならんでいくのを見たら、これでまた人生はバラ色だと思えてきた。

インチキだろう？　冗談じゃないぜ。あれが六ダースってことは、キナ皮エキスが二ドル分、アニリンが十セント分ほども入ってるんだ。あれ以来、町から町へと渡り歩いたが、一度買った客がまた買いたいと言ったもんさ。

その晩、おれは荷車を借りて、メインストリートへ商売に出た。フィッシャー・ヒルってのは、全体に土地が低くて、マラリアに罹《かか》りやすい町だ。したがって常識の先を行く新開発の心肺機能改善型にして壊血病対策を兼ねた総合保健薬こそが、この町に暮らす皆様には必須《ひっす》であるとお見立て申し上げたんだな。そうしたら野菜だらけの食卓に子牛の臓物を乗っけたトーストを出したみたいに、どんどん売れてった。一本五十セントで二ダースまで売ったあたりで、うしろから上着の裾《すそ》を引っ張るやつがいた。おいでなすったという見当はついたから、おれは荷台から降りて、襟《えり》の折り返しに洋銀の星型バッジをつけた男の手に、こっそり五ドル札を握らせたよ。

「これはどうも、いい晩ですなあ」

「市の許可証は持っとるか?」警官が言った。「もっともらしく医薬品と称して、いかがわしい違法のエキスを売りつける許可は出たのかな」

「いえ、持っちゃいませんが、ここは市になってたんですかい? あした、そうと確かめて、必要なものは取らせてもらいますよ」

「それまでの営業はまかりならんぞ」

おれは商売を中止にして宿へ引き上げ、しばらく亭主と話していた。

「そりゃそうだ」と亭主は言う。「フィッシャー・ヒルでは見込みなしだね。一人しかいない医者はドクター・ホスキンズというんだが、市長とは義兄弟の間柄なんで、いんちき医者の開業なんて認められるわけがない」

「医者になろうなんてのじゃないさ。州の行商許可は持ってるんだが、どこでも市の許可ってのを取らされる」

翌朝、役所へ行ってみたら、まだ市長はお出ましではないという。いつ来るのかもわからないときやがった。それでまた宿に戻ったドクター・ウォーフーは、肩を落として椅子《いす》に坐《すわ》り、紛《まが》い物の葉巻に火をつけて、時を待った。

そうこうするうちに青いネクタイをした若い男が、おれの隣でするりと椅子に坐って、いま何時ですかと言った。

「十時半だよ」おれは言った。「おい、アンディ・タッカーじゃないのか。仕事ぶりを見せてもらったことがあるぜ。たしかキューピッドの福袋なんてものを南部で売って歩いたやつだろう。チリ産ダイヤの婚約指輪、結婚指輪、ポテトマッシャー、鎮痛シロップ、駆け落ちロマンスの読み物を、全部まとめて五十セント――」

おれが覚えていたというので、アンディはすっかり気を良くした。ずっと大道で生きてきた男だが、商売上手というだけではなくて、この稼業《かぎょう》を大事にする心意気があった。たいして欲張りもせず、元手の三倍も儲ければ充分というやつだ。違法な薬物や園芸栽培の方面にも何度となく誘われたが、まっとうな道を踏みはずすということはなかった。

おれは相棒がいてもいいと思ったんで、アンディと話をつけて組むことにした。まずフィッシャー・ヒルの情勢を説いて聞かせ、行政と医薬が義兄弟で癒着しているから、なかなか金融が盛んにならないと言った。アンディはけさ列車で着いたばかりだった。やはり商売が低調になっていたんで、この町では寄附集めの話をでっち上げ、ユリーカスプリングズで新しい戦艦を建造する協賛金として何ドルか吸い上げようと考えていた。というわけで、おれたちはベランダへ出て腰を下ろし、作戦を練った。

翌朝の十一時、おれが一人で坐っていると、ある黒人がのそのそと宿屋に来て、先生に往診してもらいたい、バンクス判事の具合がよくない、と言った。どうも話の様子では、そいつが市長でもあって、かなりの重病であるようだ。

「おれは医者なんかじゃないぜ。ちゃんとした先生を呼びに行けばいいじゃないか」

「へえ、ホスキンズ先生は留守なんで。二十マイルも先に病人が出ましたんでね。お医者の先生はたった一人しかいなさらねえってのに、いまバンクスの旦那《だんな》がとんでもねえことになって、ここは一つ、何としても先生にお願《ねげ》えしろ、とまあ、そういうことで言いつかってめえりやした」

「そこまで見込まれたんじゃ、いやと言うわけにもいかねえな」おれは元気回復ビターズを一壜ポケットにねじ込んで、市長宅への坂道を上がった。高台にある町一番の豪邸だ。二段勾配《こうばい》の屋根がついて、芝生には鋳物《いもの》の犬が二匹で鎮座していやがった。

バンクス市長はベッドにもぐり込んで、髭面《ひげづら》と足先くらいしか見えていなかった。腹の底からおかしな音声を盛大に発している。サンフランシスコ市民なら、また地震かと思って公園に避難したくなったろう。ベッドの傍らに若い男が立って、水のコップを持っていた。

「先生」と市長が言う。「どうもいけません。もう長くなさそうだ。こうなったら仕方ないんでしょうか」

「いや、市長さん、この私は医学の伝統を受け継ぐ正統派の医師ではないのです。医学校へも行っておりません。ただ、人として人の役に立てるかどうか、そう思って伺ったただけのこと」

「これはこれは、ありがたいことだ。ところでウォーフー先生、その男はビドルといって、私の甥《おい》なのです。なんとか痛みを和らげてくれようとしているのですが、どうなるものでもありません。あ、ううむ、たまらん！」と市長は悲鳴を上げた。

おれはビドル氏にうなずいておいて、ベッド脇《わき》の椅子に腰かけ、市長の脈をとった。

「では肝臓を――いや違った、舌を拝見」こんなことをしてから、さらに相手の瞼《まぶた》をひっくり返して、目玉をのぞき込んだりもした。

「こうなったのは、いつからです？」

「ええと、これは——あ、痛っ——きのうの晩でした。先生、いいお薬のようなものはありませんか」

「フィドルさん」おれは若い男に言った。「窓のシェードを少々上げてくださらんか」

「ビドルです——。あの、ジェームズ叔父さん、いくらか食欲はありますか、ハムエッグでも」

「市長さん」おれは市長の右の肩甲骨あたりに耳を寄せてから、「右鎖骨にあからさまな症状がありますな。鎖骨が露骨に炎症だ」

「なんですと！」市長はうめいた。「塗り薬みたいなものはないんですか？　それとも接骨でもするんでしょうか。何とでもなりませんかな」

おれは帽子を手にとって帰りかけた。

「そんな、先生、帰っちまう気ですか？」市長がわめいた。「見殺しにするおつもりか。老骨の炎上とやらを放っておくのか」

ビドル氏も口を出した。「人道の観点からして、苦しんでいる人を見捨てるのはいかがなものでしょうか、ドードー先生、どうどう」

「ウォーフーです。私は馬ではない」おれはまたベッドに近づいて、長い髪をかき上げた。

「市長さん、こうなると望みは一つしかありませんぞ。もはや薬は効かない。むろん薬も結構ですが、それを上回るものがある」

「おお、何でしょうか？」

「科学の心になって断言することです。心の働きはサルサパリラの効能にも勝るもの。苦痛も病気も、晴れやかならざる気分から生じるのだとお考えなさい。そうしてこなかったことを認めなさい。さあ、晴れやかだと言ってしまいなさい」

「それで、その何とかパリラよりも何とかなったりやしますかな。まさか社会主義みたいな用語じゃないでしょうな」

「とんでもない。これは大変な原理の話なのです。つまり心霊現象による金融操作――遠くから意識下に作用してかまうことなく錯誤にも脳炎にも施術《せじゅつ》する開明派の学問――人間が磁場となって他者に力をおよぼす催眠の術にも似た、驚異の室内運動なのですぞ」

「その術を施していただけますか、先生」

「私は教団の最高位にあって古代の秘術を広めるコダイ広告をいたします。ただ手をかざすだけで、足の弱き者は口をきき、目の見えない者は首をひねる。私は霊媒にして超絶技巧の催眠術師、また酒精のまわった支配霊ともなるのです。つい先頃、アナーバーにて行なわれた降霊会にあっては、私の霊能力によって、いまは亡《な》きビネガー・ビターズの社長が地上に降り来たり、その妹ジェーンと交信を遂げている。私が大道で薬売りをするのは、あくまで貧乏人に向けてのこと。催眠の秘技は用いません。これだけの術となると、砂金ならともかく、ただの砂にまみれさせてよいものではない」

「この患者には治療をしてくださらんのか？」

「どうでしょうな、いままで行く先々で医師会との面倒が絶えなかった。ふだんの私は診療をしないのです。しかし、いま人の命がかかっているのなら、心霊の術によって癒《い》やしてさしあげてもよい。ただし、市長として、許可証の件を引っ込めることにご同意があればの話です」

「もちろんだ、そうしよう。早いところ頼みたい。また痛みがぶり返してきた」

「治療費に二百五十ドルかかります。施術は二回で完治間違いなし」

「わかった」市長は言った。「この命が助かるなら、それくらいの金は惜しくない」

おれはまた椅子に坐って、市長の目をのぞき込んだ。

「では、よろしいかな、まず病気のことを忘れなさい。病んでなどいないのだ。あなたには心臓もない、鎖骨もない、肘《ひじ》をぶつけても響かない、脳もない、何もない。痛みもない。いままで勘違いしていたと断言なさい。さあ、もともと実体のない痛みが、ついに去っていくのがおわかりか？」

「なるほど、いくらか楽になるような。おお、先生、たしかにそうだ」市長は言った。「じゃあ今度は左側についても腫《は》れることなんかないのだと、むにゃむにゃ言ってくださらんか。そうすれば身体《からだ》を起こして、ソーセージやパンケーキくらい口に入りそうだ」

おれは両手を何度か動かしてみせた。

「さあ、これで炎症は消えました。右側を腫らした原因は収まっています。あなたはだんだん眠くなる。もう目を開けていられない。とりあえず病気は進行いたしません。いま、あなたは眠っている」

市長の瞼がゆっくりと落ちて、いびきが聞こえてきた。

「ご覧なさい、ティドルさん、これが現代の科学の驚異ですぞ」

「ビドルです。二回目の治療はいつになりますか、プープー先生」

「ウォーフーです。あすの朝十一時にまいりましょう。叔父さんが目を覚ましたら、テレビン油八滴と、ステーキ肉を三ポンド差し上げてください、では、これにて」

そして翌朝、おれは時間どおりに行った。寝室のドアを開けた若い男に、「やあ、リドルさん」と声をかける。「叔父上の具合はいかがですかな」

「おかげさまで、だいぶ良さそうです」

市長は顔色も脈拍も平常になっていて、二度目の治療をしてやったら、もうすっかり痛みはないと言った。

「さあて、あと一日か二日、のんびり横になっていたらよろしい。それでもう大丈夫でしょう。この私がフィッシャー・ヒルに居合わせてよろしゅうございましたな。通常の医学では、どこの医者が持っている薬でも、お命は危なかったでしょう。ともあれ思い込みの間違いが消えて、痛みは偽りだったということで、もっと元気の出る話をさせていただきますかな――お代は二百五十ドルです。あ、小切手はいけませんよ。あれの裏に名前を書くのは、表に書くのも同然に、ちっとも好きになれません」

「では、ここに現金が」と市長は枕《まくら》の下から財布を出した。

五十ドル札を五枚抜いて手の中にそろえる。

「領収書の用意を」市長がビドルに言った。

おれがサインすると市長は金をよこした。おれはポケットにしっかりと金を収めた。

「さ、任務の遂行を」市長は病み上がりとも思えぬ顔をにたりと笑わせた。

ビドル氏がおれの腕をつかまえる。

「ドクター・ウォーフーことジェフ・ピーターズ、無免許の医療行為で州法に違反した容疑で逮捕する」

「何だ、おまえは」おれは言った。

「私から言ってやろう」市長がベッドに起き上がった。「この人は州医師会の依頼で捜査をしていたのだ。おまえを追って五つの郡を歩いたそうだよ。きのうお見えになったんで、それならばと計略を練ったのさ。この詐欺師《さぎし》め、もうこの近在で医者の真似《まね》はできんぞ。何という病名を言ったかな、先生」と市長は笑った。「こんがらかったことを言いおったが——ま、脳は軟化しておらなんだ」

「探偵なのか」おれは言った。

「その通り」ビドルは言う。「保安官に引き渡すぞ」

「やってもらおうじゃないか」おれはビドルの喉《のど》につかみかかって、窓から押し出すところだったが、間一髪、やつが拳銃《けんじゅう》を抜いて、おれの顎《あご》の下へ銃口を突きつけやがったので、もう立ち往生だ。手錠を掛けられ、ポケットの金も取られちまった。

「証言できますよ」やつは言った。「私が市長さんと二人で印をつけておいた札ですからね。保安官事務所へ行ったら、この金も引き渡します。あとで預かり証が来るでしょう。しばらくは本件の証拠として保管されるはずです」

「承知したよ、ビドル君」市長は言った。「さて、ウォーフー先生、お得意の技を見せてくださらんか。コルクの栓を歯で開けて、取り出したる催眠術で手錠をはずしてみるがいい」

「こうなったら仕方ねえ」おれは潔《いさぎよ》く観念した。「せいぜい悪党らしくするさ」と言ってから、市長に向けて鎖をじゃらじゃら揺すった。

「市長さんよ、いずれ催眠術の威力を思い知るときが来るぜ。今度だって効き目はあったんだ」

そう、たしかに上出来だったと思うね。

市長邸の門を出るところで、おれは言った。「そろそろ人目もあることだ。もう外してくれてもいいだろう、アンディ――」え、何だって？　そりゃそうさ。アンディ・タッカーだよ。あいつが一計を案じたんだ。おかげで元手ができて、二人で商売を始めたよ。

アイキーの惚《ほ》れ薬

The Love-Philtre of Ikey Schoenstein

ブルーライト薬局はマンハッタンの南寄り、バワリー街と一番街にはさまれて、この二つの道が最も接近するあたりに店がある。雑貨類、香水、アイスクリームソーダを売るのが薬局だとは考えない。痛み止めを買ったらボンボンをくれるような店ではない。

いまどきの薬屋にありがちな、手間をかけない商法には見向きもしない。アヘンを溶解し、濾過《ろか》して、自家製のアヘンチンキ、鎮静剤を売っている。現在でもカウンターの奥で丸薬の調合が行なわれる。製剤用の板に材料を載せて、ヘラで切り分け、つまんで丸め、煆焼《かしょう》マグネシアをまぶして、丸いボール紙の小箱に入れて出来上がり。この店がある街角には、みごとな襤褸《ぼろ》をまとった子供の群れが意気揚々と遊びまわっている。そのうちに咳止《せきど》めドロップ、鎮静シロップの得意客になるだろう。そういう品物が店内に待ちかまえていた。

アイキー・シェインスタインは、この薬局で夜勤をして、客に親切な店員だった。イーストサイドではそんなものである。薬を売ればおしまいという冷たい商売ではない。薬屋はカウンセラー、聴聞僧《ちょうもんそう》、指導員であり、有能かつ熱心な宗教家でもあって、その学識をもって敬われ、摩訶《まか》不思議な叡智《えいち》によって尊ばれ、出した薬などは人の口に入らないまま溝《どぶ》に流れたりする。というわけでアイキーの角《つの》が曲がったような鼻に眼鏡を乗せた顔と、ひょろっとした身体《からだ》が知識の重みで潰《つぶ》されそうになっている姿は、ブルーライト薬局の近辺では名物になっていて、相談に乗ってもらおうという人が多かった。

アイキーは、二ブロックほど離れたリドル夫人の下宿屋に、朝食つきで間借りをしていた。夫人には娘がいて名前をロージーという。いや、あまり持って回った言い方をするまでもなく――もう見当がつきますね――アイキーはロージーに憧《あこが》れていた。何にせよ考えることはロージーの色に染められている。ロージーとは、あらゆる純正にして薬用になる成分を化合して抽出したような存在であり、これに匹敵するものは医薬品総覧のどこを探しても載っていなかった。しかしアイキーは内気な男である。こわがりで引っ込み思案な性分が、まるで溶剤になったように希望を浸しながら、まだ希望は溶けきらずに残っていた。だがカウンターの奥へまわれば、専門職の静かな自覚を取り戻し、彼は常人の域を超える。外に出れば、膝《ひざ》がふらついて、もたもたと要領が悪くて、市電の運転手にどなられてばかりの歩行者で、だぶついた衣服には薬品の染《し》みがついて、ソコトラアロエと吉草酸アンモニウムの匂《にお》いを漂わせていた。

さて、アイキーにとって困ったこと、いわば（この表現はぴったりだと思うのだが）香油に入った蠅《はえ》のようなものは、チャンク・マガウアンという男だった。

これまたロージーが振りまく明るい笑顔をつかまえようと奮闘中である。ただしアイキーとは違って、外野までボールが飛んでくるのを待っていたりはしない。ロージーが笑顔を放てば、飛びついて取ろうとする。また一方ではアイキーとも仲が良くて、薬局の客でもあり、バワリー街を派手にほっつきまわった夜のあとは、よく店に来てヨードチンキやら絆創膏《ばんそうこう》やらのお世話になっていた。

ある日の午後、いつものように、ふらりと店に入ったマガウアンが、スツールに腰をおろした。いい男だ。きれいに髭《ひげ》を剃《そ》って、負けん気の強い顔だが、人の良さもある。

「なあ、アイキー」と声をかけた。アイキーは乳鉢を用意して、マガウアンと向き合うように坐《すわ》った。安息香を粉末にしようとしている。その頃合いを見計らって、「よく聞いてくれよ。そっち方面の薬があったらありがたいっていう話なんだが」

その顔をアイキーはじっくりと眺めた。いつもなら喧嘩《けんか》の痕跡《こんせき》があってもよいのだが、きょうは顔ではないようだ。

「じゃあ、上着を脱いでみろ。肋骨《ろっこつ》の間にナイフを刺されたなんていうんじゃないのか。南欧系とやり合ったら危ないって何度も言ったろうが」

マガウアンは笑った。「そんなんじゃない。あの連中じゃないさ。ただ、当たらずといえども何とやら、その診断でだいたい合ってるよ。たしかに上着の下で、胸のあたり——。あのな、アイキー、おれは今夜ロージーと駆け落ちで結婚するんだ」

アイキーは、乳鉢を支えた左手の人差し指を、鉢の縁に引っ掛けていた。これを乳棒でがつんと突いてしまったが、その感覚すらもなかった。だがマガウアンのほうでも笑っていた顔に曇って悩める影が出ていた。

「いや、つまり——」と話が続く。「いざ決行の時まで、その気でいてくれたら、ということなんだ。このところ二週間、逃げる算段をしていた。ロージーは乗り気になったかと思うと、その日の晩には、やっぱりだめ、と言ったりする。ついに今夜こそという約束になっていて、いままで丸二日は決心が揺らいでいないようだが、あと五時間もあるんで、土壇場《どたんば》ですっぽかされるんじゃないかと心配だ」

「たしか薬が欲しいなんて言ったよな」アイキーは言葉をはさんだ。

マガウアンは大弱りになっている。ふだんの行動からは考えられない表情だ。薬の宣伝を兼ねた暦を手に取ると、これを丸めて、馬鹿《ばか》丁寧に一本の指にかぶせた。

「たとえ悪条件が重なろうと、せっかくの門出にけちを付けたくない。もうハーレムの一角にアパートを借りてるんだ。テーブルの上には菊の花を置いた。いつでも炊事にとりかかる支度ができてる。ちゃんと牧師にも話をつけて、九時半に行けば留守じゃないことになってる。だから細工は流々で、あとの仕上げはロージーの気が変わらずにいてくれることだけなんだよ！」ここまで語ったマガウアンは、すっかり疑心にとりつかれていた。

「それにしてもわからない」アイキーが、ぶつりと言った。「なんで薬の話になって、おれが出てくるんだ」

「あの家の親父《おやじ》は、おれのことを全然気に入ってない」不安げな求婚者が必死になって言い分をまとめようとする。「ロージーは、この一週間、おれとは外出禁止になってるんだ。もし下宿人が一人減るという計算がなければ、おれなんか、とっくに追い出されてるよな。おれだって週に二十ドルは稼ぐんだから、ロージーも籠《かご》の鳥になってないで、さっさと逃げ出せばいい。それで後悔させるような男じゃないぜ」

「すまんが、これから急いで調剤を頼まれてる仕事があるんだ」

「あ、いや」マガウアンが、ぱっと目を上げた。「な、アイキー、何かしらの薬がありそうなもんじゃないか――粉末みたいなので、女の子に飲ませれば、ぞっこんに惚《ほ》れてもらえるというような」

　アイキーの大きな鼻の下で、ひくりと唇が動いた。馬鹿なやつめという知識人の嘲《あざけ》りだったが、返事をするより先に、またマガウアンが話しだしていた。

「ティム・レイシーに聞いたんだが、そういうのをアップタウンの医者にもらって、ソーダ水に入れて女に飲ませたそうだ。そしたら効果覿面《てきめん》、女から見れば、ティムだけが最高点の男で、あとは雑魚《ざこ》ばっかりになった。二週間とたたないうちに結婚したよ」

　このチャンク・マガウアン、わかりやすく勇ましい。もしアイキーがもっと人の心を読めていたら、マガウアンの強そうな身体が、いま細い針金に吊《つる》されているのも同然だと見抜いたかもしれない。大将が敵の領内へ攻め込むように、自軍の弱点を気にかけて、あらゆる手を打っておきたくなっている。

「で、おれが思うには」チャンクは期待感をにじませた。「そういう薬があって、夕食時にでもロージーの口に入るようにすれば、すっかり奮い立って、駆け落ちの不履行なんてことはないはずだ。まさかラバの荷車で運ばなきゃ動かないってことはあるまいが、女ってのは自分がランナーで走るより、コーチになって立ってるのが得意だからな。たとえ二時間ばかりでも効き目が続いてくれたら、それで充分なんだが」

「その駆け落ちなんていう馬鹿騒ぎは、いつの予定になってるんだ？」アイキーは言った。

「九時。夕食が七時で、八時にはロージーが頭痛で寝ることになってる。九時になったら、あの家の隣のパルヴェンザーノじいさんが、おれを裏庭へ入れてくれる。リドル家との境のフェンスに板のはずれた箇所があるんで、そこからロージーの窓の下へ行って、非常口から降りるように手を貸してやる。牧師の都合もあるから事は急がないとな。そういう薬を、どうにか作れないか、アイキー」

「だがなあ、その手のものは、とにかく調剤に気を遣う。ほかならぬチャンクのことだから、まあ、持たせてやってもいいかな。おまえのためなら作ってやるよ。ロージーにどう思ってもらえるか、仕上げをご覧じろ《ろう》だ」

アイキーはカウンターの奥へ行って、水溶性の錠剤を二錠すり潰した。微量だがモルヒネを含有している。これに乳糖を少々加えて増量し、できた粉末を白い紙できっちり包装した。もし成人が服用すれば数時間は熟睡するだろうが、とりたてて害はないはずだ。これをチャンク・マガウアンに渡しながら、できれば溶いて飲ませるのが望ましいと言って、裏庭から花嫁を盗みだそうとする騎士に、おおいに感謝されていた。

アイキーが仕掛けた細工については、それからの行動を言えば意図が読めてくるだろう。リドル家に使いを出して、やって来た父親に娘がマガウアンと駆け落ちすることをご注進におよんだ。リドル氏はがっしりした大柄な男で、レンガの粉のような顔色をして、いきなり行動に出る。

「こいつは恩に着るよ」リドル氏は手短に言った。「のらくらのアイルランド男がけしからんことを！　おれの部屋はロージーの真上だから、夕食のあとはショットガンに弾を込めて待ちかまえてやる。やつが裏庭へ来やがったら、出て行くのは花婿《はなむこ》の馬車じゃなくて救急車だろう」

こうしてロージーがモルヒネの魔力につかまって深々とした眠りにつき、あらかじめ知らされて武装した親父が流血も辞さずと待機するのであれば、アイキーとしては一安心、もう恋敵の運命は定まったかと思われた。

その晩、ブルーライト薬局で夜勤をしながら、悲惨な結末が聞こえてこないかと待った。だが朝まで何の知らせも来なかった。

八時に昼番の店員が出勤したので交替し、果たしてどうなったやらとリドル家へ急ごうとした。すると、何たることか、当のチャンク・マガウアンが通りかかった市電から飛び降りて友の手を握りしめた。その顔は勝利の笑みを浮かべ、歓喜に紅潮している。

「上首尾だよ」にやけた顔に至福が宿っている。「ロージーはきっかり一秒まで正確に非常口に出てきた。すっ飛んでいって牧師宅に着いたのが九時三十分十五秒。いまロージーはアパートにいるよ――けさは青いガウン姿で、卵を料理してくれた――ああ、おれは果報者だ！　そのうちにアイキーも来いよ。食事でもしよう。じゃあな、これから橋のほうで仕事があるんで、行きがけに寄ってみたんだ」

「あの、こ――粉はどうした」アイキーは、まともにものが言えなかった。

「ああ、おまえにもらったやつか」チャンクのにやけた顔にますます笑いが広がって、「あれはつまり、こういうことだ。きのう夕食の席についてロージーを見たら、いや待てよと思ったんだ。やっぱり正々堂々と手に入れよう、こんな育ちのいい娘を相手にインチキを仕掛けるのはよくない。そう考えて薬はポケットに入れたままだった。ところが、ひょっこり目に留まったのが、その場にいた別の人物。こいつめ、これから花婿になろうっていう男に、しかるべき愛情が欠けているではないか、というわけで、しばらく様子をうかがってから、あの粉薬はリドルの親父のコーヒーに落としてやった――だから、な？」

人生ぐるぐる

The Whirligig of Life

治安判事ベナジヤ・ウィダップは、事務所の戸口に坐《すわ》って、ニワトコ材のパイプをくゆらせていた。カンバーランド山脈が空の高さの半分くらいまで立ち上がり、午後の靄《もや》に煙って青灰色を帯びている。まだら模様の雌鶏《めんどり》が一羽、頓狂《とんきょう》な鳴き声を上げながら、この開拓村のメインストリートを闊歩《かっぽ》した。

村へ来る街道に車軸のきしむ音がして、ふんわりと砂埃《すなぼこり》が舞い、ランシー・ビルブロとその女房が、牛に荷車を引かせてやって来た。これが事務所の前に止まって夫婦が降りる。ランシーは、土気色の皮膚と黄色っぽい髪の毛で六フィートの高さを作ったような、ひょろ長い男だ。山は何事にも動じないが、その動かざる山の暮らしが、この男に鎧《よろい》を着せたようにのしかかっていた。女はキャラコの服を着て、痩《や》せぎすで、歯にタバコの粉末をなすりつけ、よくわからない願望があって気病みのもとになっている。そんなこんなの中から、ちらほらと異議申し立てが透けて見える。若かった日々が、いつしか知らぬ間に、空《むな》しく過去のものになっていた。

治安判事は、職務上の体裁として、脱いでいた靴に足を入れた。戸口から動いて、この二人を通してやる。

「あのう、あたしら」女が言った。風が松の枝を吹き抜けるような声だ。「離婚したいです」ここで女はランシーの顔を見やった。いまの発言内容に、亭主から見て何らかの瑕疵《かし》、曖昧性《あいまい》、責任回避、不公平、党派根性があったかどうか気にしたのだ。

「ああ、離婚でさあ」ランシーも同じことを言って、重々しくうなずいている。「もう一緒になってなんかいられねえ。たとえ好き合ってたって山ん中の暮らしはさびしいもんだが、こんな山猫みてえに騒ぎやがるかと思えば、フクロウみてえに愛想のなくなる女とは、一つ屋根の下に住んでやる義理はねえ」

「この甲斐性《かいしょう》なしの馬鹿《ばか》たれが」女にも未練はなさそうだ。「酒の密造なんかする悪仲間とひっついて、コーンウィスキーでへべれけになってひっくり返ってるじゃないか。人の気も知らないで、腹っぺらしの犬を何匹もうろうろさせてるんだから面倒くさいったらありゃしない」

「そっちこそ鍋《なべ》の蓋《ふた》をぶん投げてばかりいやがって」ランシーが反撃を響かせる。「カンバーランドの山でアライグマを狩るには一番の猟犬に、煮立った湯をぶっかけやがった。ろくすっぽ食事の支度もしやしねえし、亭主のすることにはケチばっかかけるんで、おちおち寝ちゃいられねえや」

「しょっちゅう酒税の役人と喧嘩《けんか》して、山ん中の悪いやつってことになっちまってるくせに、ゆっくり寝られると思うのがおこがましいよ」

治安判事は、どっこいしょと仕事に取りかかった。自分用の椅子《いす》と木製のスツールを二人の中立人に譲って坐らせ、テーブルの上に法令集を開いて索引を見ていった。ほどなく眼鏡を拭《ふ》いたり、インク壺《つぼ》の位置をずらしたりしている。

「法規上は、何にも書かれとらんな。こんな田舎の裁判で離婚の案件を扱えるなんていうことは書いてない。しかし、まあ、何事も平等が原則で、憲法なんてものもあるんだし、欲することは人にも施せって昔から言うくらいだから、およそ決め事ってのはどっちからも働かんとよくない。もし治安判事に人を結婚させる権限があるんなら、別れさすこともできると思って当然だ。よって本法廷も許可を下して、離婚を認めるとした州最高裁の判断に従うものとする」

ランシー・ビルブロは、ズボンのポケットから、タバコ用の小袋を出した。その中からテーブルの上に振り落としたのが五ドル札である。「熊皮《くまがわ》一枚と狐皮《きつねがわ》二枚を売ったんだ。これっきり持ってねえ」

「本法廷では」と治安判事が言った。「離婚の通常料金は五ドルである」この紙幣をホームスパンのチョッキのポケットにねじ込んだ手つきは、さりげない動作を装《よそお》っていた。そして、大儀なことだ、億劫《おっくう》なことだ、と思いながら用紙の半分に判決文をしたため、もう半分に同文を模写した。ビルブロ夫妻は、これから自由を保証してくれるはずの文書が読み上げられるのを聞いた。

「本状は、ランシー・ビルブロおよび妻アリエラ・ビルブロが本日ここに出頭し、今後いかなる場合にも、たがいに愛さず、敬わず、従わないことを、心身とも健やかに誓約し、州の平和と尊厳を乱すことなく離婚の命令を受諾したことを証する。しかるべく遂行し、神の恵みのあらんことを。よって件《くだん》のごとし。テネシー州ピードモント郡治安判事ベナジャ・ウィダップ」

できあがった同じ文書の片方をランシーに持たせようとしたら、アリエラの声がして動きが止まった。二人の男が声の主に目を向ける。鈍感な男の頭には思いもよらない女の言い分が出てきた。

「判事さん、その紙、まだ渡しちゃなんねえよ。まるっきり話は終わってねえもの。あたしだって権利がある。まず扶養料もらわなくちゃ。一セントの手切れ金も出さなくて女房と別れようなんて、そんなのおかしいでしょうに。これからホグバック山にいるエドっていう兄を頼っていこうと思ってるんで、それについちゃ靴が欲しいし、タバコの粉とか、何やかや要るものだってあるんですよ。離婚するほどの金がある男には、女房への支払いをさせてやってくださいな」

ランシー・ビルブロは、ぽかんとして、ものが言えなくなった。これっぱかりも聞いたことのないような話だ。いつも女は不意打ちの論点を持ち出してくる。

治安判事は、ここは司法が乗り出さねばなるまいと思った。扶養料の件についても、それらしいことが法令集には見つからない。しかし女の足を見れば裸足《はだし》である。ホグバック山まで行くなら、途中の道は石だらけで険しいだろう。

「アリエラ・ビルブロに尋ねるが」判事は役目柄の口をきいた。「本案件において、いくらくらいなら適正な扶養料だと思っとるのかな」

「ええと、見当としちゃあ、靴やら何やらで五ドルってとこかねえ。たいした扶養料でもなかろうけど、それだけあればエドの家まで行けそうだ」

「そんなもんなら不当な金額じゃなかろう」判事は言った。「離婚証明書の発行に先立って、本法廷はランシー・ビルブロに総額五ドルの扶養料を支払うように命ずる」

「そんなこと言ったって、もう有り金残らずはたいちまったよ」ランシーは重い息をついた。「あんたに払った分しかねえんだから」

「それがいやなら」判事は眼鏡の奥から厳しい目をのぞかせた。「法廷侮辱罪っちゅうことになる」

「もし、あしたまで待ってくれたら」夫の側から猶予《ゆうよ》が願い出られた。「どっかでどうにか都合できねえともかぎらねえ。まさか扶養料なんてもんが出てくるとは思わなかった」

「では明日まで休廷とする」ベナジャ・ウィダップは言った。「今度来たときは、ちゃんと判決に従えるといいんだがな。しかるのちに離婚許可証を発行する」また判事は戸口をふさぐように坐り込んで、靴の紐《ひも》をほどきだした。

「今夜はアンクル・ザイアのところへ行って泊めてもらおう」そう決めたランシーが牛に引かせる荷車に乗り込んだ。アリエラも反対側から乗る。ぴしっと弾《はじ》いた手綱に応じて、小さな赤牛がのっそりと方向転換をしてから、車輪が舞い上げる砂煙に包まれて、とろとろと走り去った。

治安判事ベナジャ・ウィダップは、いつものパイプをくゆらせた。だいぶ午後の時間も遅くなってから週刊の新聞を手にして読んでいると、日暮れ時には文字がぼやけた。さらにテーブルに獣脂のロウソクを灯《とも》して読み続けるうちに、月が上って夕食の時間を知らせた。住んでいる家は斜面にあって、二棟くっつけたような丸太小屋だ。すぐ近くに、ぐるりと樹皮を切られたポプラの木が立っている。夕食に帰ろうとした判事は、細い小川を越えた。ここはローレルの木立の蔭《かげ》になって闇《やみ》が濃い。その木立から暗い人影が飛び出して、判事の胸元にライフルの銃口を突きつけた。目深《まぶか》に帽子をかぶって、顔も隠しているようだ。

「金を出せ」と影が言った。「よけいなことは言うんじゃねえ。こっちは気が急《せ》いてるんだ。引き金にかかる指が揺れやがって、いつ撃っちまうかわからねえぜ」

「いまは、ご、五ドルしかない」治安判事はチョッキのポケットから五ドル札を取り出した。

「そいつを丸めるんだ」という指示が出た。「細長くして銃の先っぽへ入れろ」

まだ新しい札だった。わなわな震える指先でも、たいして難しいことはなく、ぴんと張った棒状にして（やや戸惑いながら）銃口に差し込んだ。

「ようし、もう行っていいぞ」強盗が言った。

そうなれば治安判事も逃げるにしかずだ。

次の日に、また小さな赤牛が荷車を引いて、事務所の前にやって来た。きょうは来ることがわかっていたので、すでにベナジャ・ウィダップもしっかり靴を履いていた。判事のこの治安判事を立会人として、ランシー・ビルブロが妻に五ドル札を渡した。判事の目が紙幣に光った。くるんと丸まったような形跡がある。たとえば細長くして銃の筒先に入れたら、こんな具合になるだろう。だが判事はそうと口には出さなかった。丸くなる癖がついた札は、この一枚にかぎるまい。夫婦それぞれに離婚の判決文を手渡してやった。どちらも自由になった証明書をゆっくりと折りたたみながら、決まり悪そうに立っている。女は我慢したような目でおずおずとランシーを見やった。

「あんた、小屋へ帰るんだよね。牛に引かれて行くんだろ。パンは缶に入って棚の上にあるからね。ベーコンは煮立った鍋に入れといた。ああしとけば犬が勝手に食うことはない。夜になったら時計を巻くの忘れちゃだめだよ」

「おまえは兄貴んとこへ行くんだな?」ランシーはなかなか平然としたものだ。

「暗くなるまでには着けると思うんだけども。あっちへ行っても大歓迎されるわけがないよね。でも、ほかに行くとこがないんで仕方ない。じゃ、だいぶ遠いから、そろそろ行くよ。さよなら、ランシー、なんてね。そんなことを言おうって気があるなら、あたしからも言わせてもらうわ」

「そうさなあ、犬っころじゃあるめえし――」ランシーは殉難の声になった。「何にも言わねえで、はい、さよなら、ってのもどうだろうな。そんなことも言わせずに早いとこ行っちまいてえって言うんなら、話は別なんだが」

アリエラは答えなかった。五ドル札と判決文をていねいに折りたたんで、衣服の胸元にしまう。ベナジャ・ウィダップは、眼鏡の奥から別れを惜しむような目で、紙幣が消えていくのを見送った。

ここで治安判事の口から出た言葉は（この場の思いつきで言ったのだが）世に多い精神の支援者と、世に少ない金銭の支援者の、どちらにも匹敵する域に達していた。

「これから小屋に帰って、一人さみしい晩になるんだな、ランシー」

ランシー・ビルブロは、カンバーランド山脈に目をやった。いまは日射《ひざ》しを浴びた山が青々としている。アリエラには目を合わせなかった。

「たしかに一人だとさみしいのかもしれねえが、夫婦が別れようってほど頭に血が上っちまうと、もう止めようはねえよなあ」

「別れた夫婦なんて、ほかにもいるよ」アリエラは木のスツールに向けて言った。

「それに誰も止めようなんて言っちゃいない」

「だから言ってねえだろうが」

「だから止めたかないんだろ。いいよ、もうエドの家へ行くから」

「だったら時計を巻くやつがいねえ」

「じゃあ、また牛に引かれて帰って巻いてくれって言うのかい？」

山の男は顔色一つ変えなかったが、大きな手を出して、その中にアリエラの痩せて浅黒い手をすっぽりと収めた。表情がなくなっていた女の顔に、ちらりと魂が透けて出て、光り輝く顔になった。

「もう犬どもに悪さはさせねえ」ランシーは言った。「おれも、まあ、ひでえことをしたんじゃねえかと思う。時計を巻いてくれ、アリエラ」

「あたしだって、あっちに心を置いてきてるんだ」女もそっと口にした。「あんたと暮らした小屋だもんね。もう頭に血が上らないようにする。やり直そうよ、いまから帰れば日暮れまでには着ける」

二人が治安判事をそっちのけに出ていこうとするので、ベナジャ・ウィダップが司法の立場で介入した。

「このテネシー州において、その法令を無視した行動を見逃すわけにはいかん。愛する両人の心から不和と誤解の暗雲が晴れていくとしたら、本法廷としてもおおいに慶賀するところだが、州の公序良俗を維持するのも法廷の義務である。つまり、あんたがたは正式に離婚して夫婦ではなくなっているのだから、婚姻に基づく、または付帯する利便を得ることは認められない」

アリエラはランシーの腕にしがみついた。たったいま人生の大事なことを学んだばかりで、この夫を失わねばならないのだろうか。

「しかし本法廷は」と治安判事の発言が続いた。「離婚の裁定によって生じた制約を撤廃する用意もある。すなわち結婚という厳かな手続きによるならば、双方が望むように正当なる婚姻関係を修復することも可能である。なお本件の場合、当該の手数料は五ドルである」

この言葉に、アリエラは希望の光を見た。さっと胸元に手が伸びて、鳩《はと》が舞い降りるようにはらはらと紙幣が判事のテーブルに落ちた。それから土気色の顔を赤らめて、ランシーと腕を組んで立ち、再縁の手続きとなる言葉を聞いた。

ランシーは妻に手を貸して荷車に乗せ、その隣に自分も乗った。ふたたび小さな赤牛が方向転換して、手をつないだ二人が山に向かった。

治安判事ベナジャ・ウィダップは、戸口に坐り込んで靴を脱いだ。チョッキのポケットに突っ込んだ紙幣を、ふたたび指先でさぐっている。ニワトコ材のパイプから、ふたたび煙を上げている。まだら模様の雌鶏が、頓狂な鳴き声を上げながら、ふたたび開拓村のメインストリートを闊歩した。

使い走り

By Courier

セントラルパークに人出の多い季節でも時刻でもなかった。歩道にならんだベンチに若い女が腰かけたのも、まもなく来る春を、しばらく先取りで楽しみたいという思いつきに逆らわなかっただけだろう。

ふと物思う顔になって静かに坐《すわ》っていた。その顔に憂《うれ》いの色が浮いたのは、つい今し方のことに違いない。きれいな娘らしい頬の輪郭は歪《ゆが》むことなく、ふっくらした山型だがきりっと締まった口元にも、まだ崩れる暇はなかった。

長身の青年が公園の道をすたすた歩いて通りかかった。うしろからスーツケースを運ぶ少年がついてくる。ベンチに坐る女を見て、男の顔が赤くなり、また白に戻った。その顔を希望と不安でまぜこぜにしながら、女の表情をさぐろうとする。わずか数ヤードの範囲内を通過したのに、こんな男がいるのだと気づかれた証拠は見えなかった。

さらに五十ヤードばかり先へ行って、男は急に立ち止まり、自分もベンチに腰かけた。少年はスーツケースを地面に置いて、びっくりしたような目になった。何だろうと思うらしいが、なかなか目端の利《き》きそうな子供である。この少年に男は言った。

「あっちのベンチにいる若い女性に、伝言を届けてくれ。いま僕は駅に行くところだと言うんだ。旅の行く先はサンフランシスコ。そこからアラスカへ行って、ヘラジカの狩りをする一行に加わる。あの人には口をきくことも手紙を書くことも禁じられたので、こういう形で最後にもう一度だけ伝えると言ってくれ。いままでのことだってあるのだから、公正に考え直してもらえるように訴える。まったく理由を示さず、説明の機会もあたえず、ただ非難して断絶するという扱いを、そういう謂《い》われのない男にしてのけるとは、あなたの本来の姿として僕が信じる人柄とは似ても似つかない。そのように言ってくれ。こんな伝言をすること自体、いささか禁令に背いているのだが、どうにか公正に考えてくれないかという望みがあればこそだ。さ、そうやって言いに行ってくれ」

男は少年の手に五十セント玉を握らせた。少年は、きらきらして知恵のまわる目を、きたならしいが聡《さと》そうな顔からのぞかせて、一瞬だけ男を見つめると、すぐに駆け出していった。ベンチに坐る女性に近づいた少年は、やや勝手がわからないものの、どぎまぎしてはいなかった。古びた格子縞《こうしじま》の自転車帽を、大きく顔を見せるようにかぶっている。その帽子のつばに手をかけた。若い女は冷静な眼差《まなざ》しを向けて、良くも悪くも先入観を持たなかった。

「あのう」少年は言った。「あっちのベンチにいる人に頼まれたんだけど、なんだか一人で歌って踊るみたいに、大層なこと言ってるんだ。もし知らないやつで、へんな下心で言い寄ろうとしてると思ったら、はっきり言ってください。おれ、三分もあれば警官を呼んでくる。でも知ってる人で、あやしいやつじゃないんだったら、あっちで熱を吹いてたように、そのまんま言います」

女にも、ふっと誘われるものがあったようだ。

「まあ、歌に踊り！」あるかなきかの皮肉を薄衣《うすぎぬ》にして、ふんわりと言葉を包んだように、女はやさしい声を出していた。「新機軸かしら――吟遊詩人みたいな路線かも。ええと、私はね――そう、たしかに知っていた人だから、警察を呼ぶには及ばない。その歌と踊りを実演してもらってもいいわよ。でも、あんまり大きな声を出さないで。こんな時間から大道芸を始めたら、人目に立ちすぎるもの」

「あちゃ」少年は大げさにあきれて見せた。「だから、どういうことかっていうと、ほんとの演芸じゃなくて、わけのわかんないことを盛大に言ってたって話です。もう襟《えり》も袖《そで》も旅行カバンに詰め込んで、いまからシスコへ行くんだけど、そこからクロンダイクかどこか雪だらけのとこへ行って、鳥を撃つとか何とか言ってます。もう手紙を書くな、庭にも来るなと言われてるから、こうでもしないと伝わんない。終わっちやったことにされて、いまさら抗議してもだめだってことになってる。ばーんと張り飛ばされて、どうしてか教えてもらえない。そんなふうに言ってます」

若い女の目にわずかに誘い出されていた表情が、すぐに消えることはなかった。鳥を撃ちに北へ行くという男の、とっさの工夫というか図々《ずうずう》しさというか、そんなものに気を引かれたのかもしれない。あたりまえの通信手段を封じられたので、こんな方策で禁止令を回避したということだ。手入れの行き届かない公園に悄然《しょうぜん》とたたずむ彫像に目をこらしながら、女は人間通信機に向けて話しだした。

「では、あちらの方に言ってください。私がどんな考え方をしたいのか繰り返すまでもありません。私が理想とする考えはご存じのはずで、いまでも変わっておりません。この件に関しては、絶対に誠実であって嘘《うそ》をつかないこと。それが何よりも大事です。私は自分の心を調べつくして、その弱いところも必要とすることも、よくわかりました。だからもうあの人の弁明なんて、何がどうあれ聞きたくないんです。ただの噂《うわさ》や、あやふやな証拠で非難したんじゃありません。だから表沙汰《おもてざた》にはしなかった。でも、とうに知ってるはずのことを、もう一度聞きたいとおっしゃるなら、お伝えしてもいいでしょう。と、そう言ってくださいね。

あの日の夕方、私も裏口から温室に入ったんです。バラを一輪、母にあげようと思ったので。そうしたらピンク色の夾竹桃《きょうちくとう》の下に、あなたとミス・アシュバートンがいました。そう言ってくださいね。きれいな図柄でしたけど、人物のポーズと配置は、説明抜きでもわかる物語でした。それで私は温室を出て、バラも理想もなくしてしまったのです。というような歌と踊りを、あっちの座長さんの前で演じてもいいのよ」

「あの、一つ、わかんなかった言葉が——は、はい——何だっけ？」

「配置よ。そうねえ、近接していたというか——あれじゃ近すぎて、もう理想がどうこう言ってられない」

歩道の砂利が少年の足に蹴《け》られて跳ねた。さっきのベンチの前に立った少年に、男は知りたがって食い入るような目を向ける。少年の目は通訳の任務に徹して輝いていた。

「あっちで言うには、男が話をこしらえて、ありもしねえことを言うと、女はころっと参っちゃうんで、そういうことがわかってるから、もう調子のいいことを聞かされたくはないんだって。ばっちり見ちゃったんだって言ってる。温室かどっかで女の子にくっついてたんだろ。あの人が花でも取ろうかと思って行ったら、ほかの女を思いっきり抱きしめてるとこだった。きれいな絵だったわ、あら結構じゃないの、なんだけども、やっぱり胸が苦しかったって。だから、あんたなんか旅に出ればいいじゃない、列車でも何でも乗りなさいよ、ってことです」

男は、ひゅうっと低い口笛のような音を発して、そうだったのかという思いつきに目を光らせた。上着の内ポケットに手を突っ込み、何通かの手紙をつかみ出す。ある一通だけを少年に預け、さらにチョッキのポケットから一ドル銀貨を持たせてやった。

「この手紙を、あっちの人に渡すんだ。読んでくれるように言うんだぞ。読めば事情がわかるんだと伝えてくれ。もし理想とやらの考えに少しでも信頼を混ぜていてくれたら、そんなに心を痛めなくてよかったんだ。何より大事だっていう誠実さは、ちっとも揺らいでいなかったのさ。ここで答えを待っている。そのように言ってくれ」

伝言係は女の前に立った。

「わけもなく悪者にされたって言ってる。ちゃらんぽらんな男じゃないんだって。この手紙を読んでくれたら、きっと真人間だってわかるらしい」

若い女は手紙を開いて、騙《だま》されたようなつもりで読んでみた。

拝啓、アーノルド先生
先日は、娘をお助けくださいまして、ありがとうございました。金曜日の晩、ミセス・ウォルドロンのお招きで、私どもも出席させていただきましたが、温室を拝見しておりましたところ、かねてより心臓に病を抱えております娘が発作を起こし、ちょうど居合わせておられました先生のおかげで事なきを得ることができました。倒れる娘を支えて適切な介抱をしてくださいましたが、さもなくば娘の命は危うかったかもしれません。もし先生に往診していただければ幸甚《こうじん》に存じます。どうぞよろしくお願いいたします。

敬具。

ロバート・アシュバートン

若い女は手紙をたたんで、少年に返した。

「あっちで返事をくれって」伝言係が言った。「何て言えばいい？」

きらりと光った女の目は、にこやかな笑みを浮かべて、うるんでいた。

「じゃあ、あっちのベンチの人に言ってね」うれしくて声をふるわせる笑いが出た。「戻ってきてくださいって」

一ドルの価値

One Dollar's Worth

リオグランデ川がメキシコとの国境となる一帯で、このあたりを管轄《かんかつ》する連邦地方裁判所の判事宛《あて》に、ある朝、次のような手紙が届いた。

判事へ

おれに四年の刑を食らわせて、ついでに言いたいことを言いやがった。ガラガラ蛇のようなやつだとも言ったよな。そうかもしれねえ。いまガラガラの音が聞こえるだろう。ぶち込まれてから一年たって、おれの娘が死んだんだ。貧乏した上に、囚人の子として死んでったらしい。あんたにも娘がいるはずだ。娘をなくす気持ちがどんなもんか思い知らせてやろう。おれを悪く言いやがった検事にも咬《か》みついてやる。おれは晴れて自由の身だ。まったくガラガラ蛇になったような気がするぜ。くどいことは言わねえが、これがガラガラの音だと思え。飛びかかる蛇には、せいぜい気をつけることだ。

ガラガラ蛇

ダーウェント判事は、この手紙を無造作に脇《わき》へ置いた。無法者を相手に判決を下していれば、こういう書簡の受取人になるのも初めてではない。あわてることはなかったが、あとで若き地方検事リトルフィールドには手紙を見せている。検事にも脅迫は及んでいたのだし、ふだんから知らせるべきことがあれば連絡は密にしていた。

リトルフィールド検事は、差出人が発するガラガラに対して、自身に関わる点については冷笑をもって遇したが、判事の娘については眉根《まゆね》を寄せた。そのナンシー・ダーウェントとは秋に結婚する予定なのである。

リトルフィールドは裁判所の書記官と会って、過去の記録を見せてもらった。どうやら差出人はメキシコ・サムだろうというのが結論だ。国境で暴れまわった混血の男で、四年前に人を殺して収監されていた。そこまでは調べたが、しばらく用務が立て込んだので、この件は心の中から押し出され、復讐《ふくしゅう》の毒蛇が立てるガラガラ音も忘れることになった。

さて、巡回裁判がブラウンズヴィルで開廷されたときのこと。ほとんどの審理は、密輸、偽造、郵便局強盗、また国境にありがちな連邦法違反のような事件だが、その中に若いメキシコ人の一件があった。ラファエル・オルティスといって、一ドル銀貨の贋物《にせもの》を使おうとした現行犯で、気転のきく保安官助手につかまった。これまで何度も似たような悪事に走ったのだろうが、有無を言わさぬ証拠を押さえられたのは今回が最初だった。オルティスは留置場でのんびりと茶色のシガレットを吸って、ただ裁判を待つだけのだらけた日々を過ごしていた。手柄を立てた保安官助手はキルパトリックという。この男が証拠の贋ドルを持って検事室へ来た。保安官助手のほかに薬局の店主も証人になって、オルティスが贋金で薬を買おうとしたと述べることになっている。コインはいかにも粗悪な偽造品だった。やわな出来で、見映えも悪い。主成分は鉛だろう。この事件の審理を翌朝に控えて、検事は準備にかかろうとしていた。

「わざわざ予算をかけて鑑定人を呼ぶまでもないな。ひどい代物《しろもの》だ」リトルフィールドは笑いながらコインをテーブルに放り出した。パテの塊でも投げたように落ちて、コインらしい響きにはならなかった。

「あいつはもう鉄格子《てつごうし》のあっちへ行ったも同じですね」保安官助手がホルスターを緩めながら言った。「ぐうの音も出ませんよ。もし一回きりのことだったら、メキシコ人相手に贋金を使ってもばれないでしょう。ただ、やつは常習の一味ですんでね。ようやく現場を押さえてやりました。川っぷちのメキシコ人村に、やつの女がいますよ。張り込んでいて見かけたことがありますが、あれでなかなか、かわいい赤牛を花壇に置いたようなっていう女でした」

リトルフィールドは贋のドル貨をポケットに突っ込み、あすの審理の覚書を封筒に入れた。そこへ明るくて愛くるしい、男の子のように快活な顔が部屋の入口に現れて、ナンシー・ダーウェントが入ってきた。

「あら、ボブ、法廷は正午でお休みかと思った。あしたまでは開かれないんでしょう?」

「そうだよ」検事は言った。「ありがたいことだ。たっぷり予習して判例を見ておくよ。それに――」

「あなたらしいわ。うちの父もそうだけど、法令集、判例集、そんなものに頼らないようにするのよね! 午後から鳥撃ちに連れてってもらおうと思ったのに。ロング・プレーリーに行けば鳥がいっぱいいるのよ。ね、行きましょ! 新しい十二番口径のハンマーレスを試し撃ちしたいの。もう貸馬車屋に伝えてあって、馬はフライとベスを借りる。あの二頭なら銃声にも平気よ。行ってくれるわよね」

秋には挙式の予定である。恋の輝きは最高点に達している。この一日は――いや、午後の半日というべきか――牛革装の法律書よりも小型の鳥が優勢勝ちになって、リトルフィールドは書類を片付けた。

ドアをたたく音がして、キルパトリックが応じた。ほんのりレモン色の肌をした黒い瞳《ひとみ》の美女が部屋に入った。黒いショールを頭からかぶって、ぐるりと首に巻いていた。

その口からスペイン語が滔々《とうとう》と流れ出た。それだけで哀愁の名曲と言ってもよい。リトルフィールドはスペイン語がわからない。保安官助手にはわかったので、少しずつ通訳しながら、その都度、流れ出る言葉を手で制していた。

「リトルフィールド検事に会いに来たと言っています。名前はホヤ・トレビニャス。お話ししたいことがあるそうで——あの、こいつはラファエル・オルティスと関わりがありますよ。やつの女です。あの人に罪はないなんて言ってます。自分が作った贋金を、やつに使ってもらったんだとか。いや、検事さん、騙《だま》されちゃいけませんよ。メキシコ女なんてこんなもんです。嘘《うそ》をついて、盗んで、人殺しもする。惚《ほ》れた男のためなら、それくらい平気でやってのけます。男に夢中になってる女は信用できません！」

「キルパトリックさん！」

ナンシー・ダーウェントが怒れる叱声《しっせい》を発したので、保安官助手はしどろもどろになって釈明に追われることになり、つい個人の感情をまじえてしまって云々《うんぬん》と言ってから、通訳の任務を続けた。

「もし男を解放してくれたら、自分が牢《ろう》に入ってもいいと言ってます。この女が熱病にかかって、薬がないと死ぬと医者に言われたんだそうで、だから男が薬屋で鉛の一ドルを使ったということです。それで命が助かったと言ってます。あのラファエルってやつに首ったけのようですね。さんざん甘ったるいことも言ってますが、そこまではお聞きになるまでもありません」

　検事にとっては、めずらしくもない話だった。

「どうしようもないと言ってくれ。あすの午前中には審理だ。やつに言い分があるなら法廷でぶつけてもらおう」

　ナンシー・ダーウェントは理屈に徹しきれなかった。同情を誘われたような目で、ホヤ・トレビニャスという女と、リトルフィールド検事とを、交互に見ていた。保安官助手は検事の言葉をそのまま女に伝えた。女は低い声でぽつぽつと口に出してから、顔にショールを引きまわし、この部屋を出て行った。

「いま何て言ったんだ?」検事が言った。

「とくに変わったことではありません。もしも命が――ええと、何だったかな――もし大事な女の命が危なくなったら、ラファエル・オルティスを思い出すがいい、とのことで」

それだけ言うとキルパトリックは廊下に出て、保安官室へ向かった。

「どうにかしてあげられないの？」ナンシーが言った。「小さな事件じゃないの。贋金といっても、たった一ドル。それだけで二人の人間の幸福が壊されるなんて。大事な人の命が危なかったから、救おうとしたんだわ。法律にも憐《あわ》れみの心はあるでしょうに」

「いや、法の哲学に情をはさむ余地はないんだよ」リトルフィールドは言った。「とりわけ検事の職責には、ない。もちろん過度な懲罰に走ることはないと約束しよう。ただ、この件は裁判になれば有罪と決まったようなものだ。偽造通貨行使について証人がそろっている。その一ドルは、いま証拠物件Aとして僕のポケットにある。陪審員にメキシコ人はいない。わざわざ別室で協議するまでもなく、すぐに票決が出るだろう」

たしかに鳥撃ちには悪くない午後だった。ラファエルの裁判、ホヤ・トレビニャスの嘆きは、狩猟に出かける楽しみに取り紛れた。検事とナンシー・ダーウェントは、町を出て三マイルほど平らな草の道を行き、それから大きく波打つような平原を突っ切って、ピードラ川の岸にみっしりと続く林をめざした。川を越えればロング・プレーリーが広がって、小型の鳥が好む生息地になっている。川に近づいたところで、右方向へ馬の駆け抜ける音がした。黒髪で浅黒い顔の男が林に向かっている。まるで二人のあとを追ってきてから、斜めに進路を変えたというようだ。

「どこかで見たような男だ」リトルフィールドは言った。人の顔はよく覚えている。「だが、どこで見たのだったか。そのへんの牧場に近道で帰ろうとするのかもしれないが」

ロング・プレーリーでは、一時間ほど、馬車を止めた位置から鳥撃ちをした。ナンシー・ダーウェントは戸外での活動を好む西部の娘であり、新しい十二番口径の手応《てごた》えにご満悦だった。仕留めた鳥の数でも、連れの男の成果に四羽及ばないだけだった。

馬に穏やかな速歩を踏ませて帰途についた。川まで百ヤードほどになって、正面の林から進み出る男があった。

「さっき見かけた人みたい」ミス・ダーウェントが言った。

だんだん距離が詰まって、いきなり検事が手綱を絞って馬車を止め、近づいてくる馬上の男を見据えた。男が鞍《くら》につけた長いホルスターから銃身を引き抜き、そのウィンチェスター銃を横抱きにしたのである。

「おまえだったか、メキシコ・サム！」低いつぶやきがリトルフィールドから洩《も》れた。「ご丁寧な手紙をよこして、ガラガラの音を立てた」

メキシコ・サムがどういう出方をするのか、まもなく明らかになった。銃器についてはの利《き》く男だ。ライフルの射程距離までは来たものの、鳥撃ちの八号散弾が届かない範囲にとどまる地点でウィンチェスターの銃口を上げると、馬車の乗員をねらって戦端を開いた。

一発目は、座席の背板に裂け目を入れた。リトルフィールドとミス・ダーウェントがならんで坐《すわ》った肩と肩の間で、わずか二インチほどの隙間《すきま》に当たったのだ。二発目は前部の泥よけ板を貫通して、リトルフィールドのズボンをかすめている。

検事は大急ぎでナンシーを馬車から降ろし、地面に低い姿勢をとらせた。いくぶんか青ざめていながらも、彼女は何も問わなかった。開拓地に生きる本能だ。緊急の場合には、つまらないことを言わず、まず状況を受け止める。二人とも銃は手に持っていた。リトルフィールドは座席に置いてあった厚紙の箱から、何度か手づかみで銃弾をかき集め、ポケットに詰め込んだ。

「馬に隠れていろ」彼はナンシーに言った。「あいつは凶悪だ。刑務所へ送ってやったことがある。それで復讐のつもりだろう。この距離だと、こっちからは撃っても届かないと知ってのことだ」

「わかった」ナンシーは気丈に言った。「こわくない。でも、あなたも出すぎないように隠れて。ほら、ベス、おとなしく立ってるのよ！」

彼女はベスのたてがみを撫《な》でつけた。リトルフィールドは反撃の態勢をとって、あの無法者が射程距離に入ってくれと祈っていた。

しかしメキシコ・サムは安全策で復讐を果たそうとしていた。さっきまでの鳥とは訳が違う。この猛鳥には戦況を読む目があって、鳥撃ち銃の射程外の安全圏を想定し、その周縁を馬で移動した。じりじりと右へ寄るので、ねらわれた二人も馬を城壁とするように回ると、一発の弾丸が検事の帽子に風穴をあけた。一度だけ男は旋回の目測を誤って境界を踏み越えた。リトルフィールドの銃が火を噴いて、思わず首をすくめたメキシコ・サムに実害はなかったが、ばらけた散弾の粒がぴしぴしと馬に当たったようで、馬はすっ飛んで安全線に退いた。

ふたたび銃撃が始まった。小さな叫び声がナンシー・ダーウェントから上がって、リトルフィールドが燃えるような目をして振り向くと、彼女の頬にたらたらと落ちる血があった。

「平気よ、ボブ——木の破片が飛んだみたい。たぶん車輪のスポークに弾が当たったんだわ」

「何てこった」リトルフィールドは呻《うめ》いた。「せめて一発でも鹿撃《しかう》ちの弾があれば！」

悪漢は馬の動きを止めて慎重にねらいを定めた。馬車の二頭のうち、まずフライが鼻を鳴らして、馬具をつけたまま倒れた。首を撃たれていた。するとベスも、ねらわれているのが鳥ではないとわかって、引き革を振り切り、猛然と駆け出して逃げた。メキシコ・サムの銃弾が、ナンシー・ダーウェントの着ている狩猟服のふっくらした生地を、きれいに撃ち抜いた。

「伏せろ――伏せるんだ！」リトルフィールドはたたきつけるように言った。「馬にすり寄って、這《は》いつくばって――そう」彼はナンシーを草の地面に、また倒れて動かなくなった馬の背に、思いきり押しつけた。おかしなものだが、この瞬間、ひょっこり心に浮かんだのが、あのメキシコ女の言葉だった。

「もし大事な女の命が危なくなったら、ラファエル・オルティスを思い出すがいい」

リトルフィールドは、あっと声を上げた。

「撃つんだ、ナンシー。馬の背から向こうへ、どんどん撃ちまくれ！　どうせ当たりっこないんだが、とにかく一分でも、やつが弾を避ける気になっていればいい。その間に、ちょっとした細工をしてみたい」

ナンシーがちらりと目を走らせると、リトルフィールドはポケットナイフを取り出して、刃先を開いていた。それでもう彼女は言われたことに従うべく、前方の敵に向けて連射をした。

メキシコ・サムは、この無害な集中砲火が一段落するまで、じっくりと待つことにした。時間はある。鳥撃ち銃とはいえ、そんなもので目潰《めつぶ》しを食らったらつまらない。ちょっと気をつければ避けられる危険をあえて冒すまでもないので、カウボーイ風の厚手の帽子を目深《まぶか》に落として、散弾の射撃がおさまるのを待った。それから少しだけ距離を詰めて、倒れた馬体の上に見えている標的に、ねらい撃ちをしてやった。

その二人に動きがない。彼は馬を促して何歩か前に出た。すると検事が身を起こして片膝《かたひざ》を突き、銃をぴたりと水平に構えるのが見えた。彼は帽子を目深におろして、小さな散弾の粒がばらばらと降りかかるだけの射撃を待ち受けた。

火を噴いた猟銃からは重い銃声が響いた。メキシコ・サムは、ほうっと息の音を洩らすと、だらしなく全身の力が抜けて、ゆったりと落馬した。ガラガラ蛇は死んだ。

翌日の朝十時、法廷が開かれて、合衆国対ラファエル・オルティスの事件が審理されることになった。検事は片腕を吊《つ》っていた。その検事が起立し、発言した。

「裁判長、恐縮ながら、本件については公訴の取り消しを求めるものであります。被告人が有罪であることに間違いはないのですが、訴追するに充分な証拠品がそろっておりません。立件の根拠となった贋造《がんぞう》の一ドル硬貨は、証拠として提出することができなくなりました。よって本件は棄却されるようお願いいたします」

正午の休廷時間に、保安官助手のキルパトリックが検事室に顔を出した。

「メキシコ・サムの遺体を見てきましたよ。ちゃんと整えられてました。あれは手強《てごわ》い相手だったでしょう。あっちの連中、どういう弾で仕留めたんだろうなんて言ってましたっけ。釘《くぎ》を打ち込んだんじゃないかって言うやつもいますよ。ああいう穴をあける弾があるんですかねえ、見たこともありません」

「あの弾は――」検事は言った。「贋金事件の証拠品Aだった。運が良かったよ。おれにも、あの誰かさんにも、粗悪品だったのが幸いした。あれを刻んだら、いい具合に鉛の弾丸ができた。そうだ、あとでメキシコ人村へ行って、あの娘の家がどこなのか調べてくれないか。ミス・ダーウェントが知りたがってる」

ヴァランブローサ・アパートと称される建物は、いわゆるアパートではない。正面から見れば昔ながらの茶色の石造りの邸宅で、そういう二棟が合体して一棟になっている。双方の側に一階のメインフロアがあって、その片方は女物の服飾品や帽子類を売る華やかな店になっているが、もう一方は痛くないということになっている歯科医院が気の重くなる佇《たたず》まいを見せている。もし部屋を借りるなら週に二ドルから、部屋によっては二十ドル。さまざまな住人がいて、たとえば速記者、音楽家、ブローカー、女店員、物書き、画学生、電信傍受の情報屋、といったような人々が、ドアベルが鳴ると手すりから身を乗り出すように下を見る。

本稿ではヴァランブローサに住まう二名を取り上げるが、ほかの住人を軽んずるものではないことをお断りしたい。

ある日、午後六時に、ヘティ・ペッパーが三階の奥にある三ドル五十セントの部屋へ帰ってきた。鼻から顎《あご》のあたりが、いつもより尖《とが》って見える。四年間勤めたデパートを辞めさせられ、財布に十五セントしか残っていなかったとしたら、丹念に彫刻されたような顔になるのも無理はない。

では、ヘティが三階への階段を上がる間に、ここまでの略歴を述べておこう。

いまから四年前の朝、ビッゲスト・ストアなる店へ行って、ほかに応募した七十五名とともにブラウス売場の採用試験に臨んだヘティは、賃金労働者が美々しい軍団をなす光景に茫然《ぼうぜん》とした。あれだけ大量のブロンドの髪が密集隊形を組んだなら、裸で馬に乗ったゴダイヴァ夫人が百人いても、うまく裸体を隠してやれたのではなかろうか。

応募者の中から六名を選ぶことになっていた担当者は、まだ若いのに禿《は》げ上がって冷たい目つきで人間性に乏しい有能な男だったが、だんだん息が詰まりそうになり、まるで手で刺繍《ししゅう》した白い雲に取り巻かれて、濃厚に香るプルメリアの花の海で溺《おぼ》れるような気がした。その海に一枚の帆が見えた。ヘティ・ペッパーは、十人並みの器量で、小さな緑色の目に気の強そうな表情があり、髪の毛はチョコレート色で、着ていた服は生地の粗い簡素なもので、帽子もまた実用品にすぎなかった。そういう女が生まれて二十九年の見かけどおりに男の前に立った。

「はい、決まり!」若いのに禿げた男は思わず叫んで、くらくらする状況を逃れた。というのがヘティがデパートの店員となった経緯である。そこから週給八ドルに出世するまでには、ヘラクレスとジャンヌダルクとウーナとヨブと赤ずきんを引っくるめたような物語があった。初任給について筆者からは語らないことにする。そういう点には昨今とかくの感情論が高まっているので、うっかりしたことを言ってデパートを経営する大金持ちの反感を買いたくはない。わが安アパートの非常階段を伝って天窓からダイナマイトを投げ入れるというような企《たくら》みがなされたらかなわない。

ヘティが職場を追われた物語は、ほとんど採用時と同じなので、つまらない繰り返しになるだろう。

どこの売場にも、何でも知っていて、いつ何時にも出現して、何でも食いたがる人間がいる。鉄道のマイル制回数券を持っていて、赤いネクタイをして、「バイヤー」と呼ばれる地位にあり、その担当部門の店員にとっては——週に何ドルかの（食糧統計を見ればわかる程度の）食費で暮らしている女たちには——運命を握る立場にある男だ。

ヘティの売場にいたのは、まだ若いのに禿げ上がって冷たい目つきで人間性に乏しい有能な男だった。この男が持ち場の通路を歩いていたら、まるで機械で刺繍した白い雲に取り巻かれて、濃厚に香るプルメリアの花の海を行くような気分になった。甘い味わいも度が過ぎればうっとうしい。たまたま目にしたのがヘティ・ペッパーで、その十人並みの器量と、エメラルド色の目と、チョコレート色の髪は、濃厚な美がたっぷり広がる砂漠の中で、緑のオアシスになっていた。静かなカウンターの一角で、その肘《ひじ》から三インチほど上がった二の腕を、軽くつまんでしまった。そして三フィートほど張り飛ばされた。ヘティの右腕は、なかなかの筋肉質であって、百合《ゆり》の花のように白いとは言いがたい。もう事情はおわかりだろう。ヘティは三十分以内に退去すべしということになり、このとき財布に入っていたのは十セント玉と五セント玉が一つずつだった。

けさの時価だと、牛のあばら肉は（肉屋の計量で）一ポンドが六セントなのだが、ヘティが解雇された日には、七・五セントになっていた。というところで、この話が成立する。さもなくば余りが出てしまって、そうなると――

とはいえ、世間のおもしろい話には、足りなくて困る人ばかりが出てくる。足りた話に文句をつけられることはあるまい。

牛肉を買ったヘティは、三階奥の三ドル五十セントの部屋に上がった。ほかほかのビーフシチューを夕食にして、一晩ぐっすり眠ったら、あすの朝にはヘラクレスとジャンヌダルクとウーナとヨブと赤ずきんの物語を引っくるめたような仕事さがしに出よう。

こうして部屋に帰って、陶磁器——というほどの名品はない——を置いている二フィート×四フィートの戸棚から、石目柄のある琺瑯《ほうろう》のシチュー鍋《なべ》を取り出しておいて、ごちゃごちゃ並んだ紙袋をかき回し、ジャガイモとタマネギをさがした。だが鼻から顎のあたりが、なおさら尖っただけだった。

どっちも見つからなかったのだ。さて、牛肉しかないとすると、どんなビーフシチューができるだろう。牡蠣《かき》がなくてもオイスタースープはできる。カメの肉がなくてもカメのスープはできる。コーヒー抜きでもコーヒーケーキはできる。しかしジャガイモとタマネギがないとビーフシチューにはならない。

だが緊急の場合だ。ビーフがあればどうにかなる。たとえば狼《おおかみ》が来たとして、松材のドアがあるだけでも賭博場《とばくじょう》の鉄扉《てっぴ》に等しい。だから塩コショウを少々、小麦粉スプーン一杯（まず冷水に溶いておく）というだけで、あとはどうにかなる。ニューバーグ風ロブスターほどの深みはなく、教会の催しのドーナツほどに大きくもないが、とりあえず間に合う。

ヘティは三階の廊下の突き当たりにシチュー鍋を持っていった。このアパートの宣伝文句としては、廊下の奥に水道が来ている。しかし、ここだけの話、また水道メーターも知っている話だが、来ていると言っても、ちょろちょろ来ている程度のことである。どういう具合なのか、ここでは技術的な詳細を省く。ともかく流し台はあるので、ここに暮らす人々が顔を合わせる場ともなり、コーヒーの出し殻を捨てるついでに、たがいの部屋着をじろりと見たりもする。

流しの前に、若い女がいた。ずっしり重そうな茶系の金髪に、芸術の雰囲気がある。この娘が大きな「アイリッシュ」のジャガイモを二つ、ここで水洗いしていた。ヘティほどの住人であれば、よほどの拡大鏡を要するものでもないかぎり、アパート内に見逃すような謎はない。各人がまとっている部屋着は、百科事典か人物事典のようなもの。手形交換所へ来たように、ニュースがわかり、人の出入りがわかる。ローズピンクの生地にナイルグリーンの縁取りからして、いまジャガイモを洗っているのは、屋根裏の部屋――当事者は「スタジオ」と言いたがる――に住んでいるミニアチュアの絵描きだと見ていた。どういう絵なのかヘティはよくわかっていないのだが、ともかくもペンキ塗りとは違うのだろうと思っている。ペンキ屋だったら、ペンキの跳ねたつなぎの服を着て、人の顔を突っかけそうに梯子《はしご》を運んで表通りを歩いているが、うちに帰ればとんでもなく大食らいであるらしい。

ジャガイモ娘は小柄で細っこい。ジャガイモを扱う要領は、やっと歯が生え始めた赤ん坊を抱かされた独り者の叔父さんというところだ。靴屋が使いそうな鈍いナイフを右手に持って、まず一つ皮剝《かわむ》きを開始した。

　これにヘティが話しかけた。きっちりと礼儀正しい口をきいたが、そこから気安い友だち口調に持っていこうという魂胆だ。

「すみません、よけいな口出しかもしれませんが、そのジャガイモは皮を剝こうとするとだめなんです。バミューダ産の新ジャガですよね。こするような要領でないと。あの、ちょっといいかしら」

　ヘティは、ジャガイモとナイフを借り受けて、実演をした。

「まあ、ありがとう」画家は息をつくように言った。「そうよねえ。こんなに厚く剝けちゃって、いやだなと思ってた。もったいないわよね。ジャガイモの皮って剝くものだと思い込んでたわ。これしか食べるものがないとしたら、皮だって馬鹿《ばか》にならないもの」

「あら、あなたも」ヘティはナイフを使う手を止めた。「やっぱり困ってるってこと？」

　ミニアチュア画家の顔に、空腹の苦笑いが出た。

「そうみたいね。芸術なんて――少なくとも、あたしの考える芸術ってのは――あんまり需要がないらしいわ。きょうの夕食は、このジャガイモだけ。でも、ほかほかに茹《ゆ》でれば悪くないのよ。ちょっとバターと塩つけて」

「あらら」ヘティにもふっと笑顔が浮いて、いつもの硬い表情がやわらいだ。「ここで会ったのも運命ね。あたしも、きょうは参ったわ。でも、お肉があるのよ。小犬くらいの大きさの塊が部屋に置いてある。ちょうどジャガイモも欲しいと思ってた。お祈りしたとまでは言わないけど。ねえ、どうかしら、合同で食料を調達したってことで、シチューにしない？　あたしの部屋で作りましょうよ。あとはタマネギがあれば文句なし。ひょっとして冬のアザラシ皮コートのどこかに何セントか入れたままなんてことないかしら？　そうだったらジュゼッペじいさんの店まで一っ走りするのよね え。タマネギのないシチューなんて、キャンディーのない芝居見物よりひどいじゃない」

「あたし、セシリアっていうの」と画家が言った。「残念ながら三日前から文無しだわ」

「じゃあ仕方ないか。薄切りにしたかったタマネギは、もう切り捨てるしかない。管理人さんに一つもらえるかって頼んでもいいんだけど、あたしがまた職さがしの身の上になったことは、まだ知られたくない。それにしても一つ欲しいところよねえ」

店員の部屋に画家も来て、二人で夕食の支度に取りかかった。とはいえセシリアの役目はカウチに坐《すわ》り込んで、鳩《はと》が喉《のど》を鳴らすような声で、何かすることないかしらと言っていただけのことだ。ヘティはシチュー鍋に塩水を入れ、あばら肉を入れて、バーナーが一つだけのガス台に載せた。

「タマネギがあればねえ」ジャガイモ二個の皮をこすり取りながら、まだヘティは言っていた。

カウチと向かい合う壁に、華々しい宣伝ポスターが掛かっていた。PUF鉄道が新しく列車用フェリーを建造したということで、これによってロサンゼルス－ニューヨーク間の所要時間が七・五秒ほど縮まるらしい。

一人でおしゃべりを続けていたヘティが、ふと顔を向けると、部屋に来たお客さんが涙を流していた。その目がじっと見ているのは、波を蹴《け》立《た》てて颯爽《さっそう》と進む新鋭フェリーの勇姿である。

「あらやだ、どうしたの」手にするナイフが宙に浮いた。「その絵、泣くほどひどい？　あたし、芸術のことはわかんないけど、部屋が明るくなると思って貼《は》ったのよ。やっぱりマニキュアの画家には、すぐ見破られちゃうのかな。いやなら言ってね。はずすから。ああ、それにしても、タマネギがあればいいのに。あり合わせの神様に祈りたいわ」

だが小さい絵を描く小柄な画家は、泣きながらくずおれて、カウチの粗い布地に鼻の頭を押しつけていた。何やら深いわけがあるらしい。不出来なリトグラフに芸術家が悲憤したのではなかった。

ヘティには察しがついた。とうに自分の役割を心得た女になっている。もし人間の性質を抜き出して論じようとすると、いかにも言葉とは空疎《くうそ》なものだ。抽象化するとわけがわからなくなる。その逆に、われらの弁舌が自然のありように近づくほど理解は確かになる。だから比喩《ひゆ》として言うなら、ある人は「胸」であり、また「手」の人も、「頭」の人も、「筋肉」の人も、「足」の人もいる。重荷を担《にな》う「背」である人もいる。

ヘティは「肩」の人だった。鋭角的で筋張った肩なのだが、いままでずっと、比喩としても現実としても、この肩に頭を載せる人がいて、その悩みの全部なり半分なりを置いていった。人間の生き方を解剖する見地からは（決して悪い見方ではなかろうが）ヘティは肩になるべく定められた人だった。こんな立派な鎖骨はめったにありはしない。

もちろん、ヘティとて三十三歳、いまだ寄りかかられることの小さな痛みを吹っ切れてはいない。ここに寄りかかって慰められているのは、もっと若くてきれいな頭である。だがヘティはちらりと鏡を見る。それだけで即効性の痛み止めとなって、ヘティは気を取り直す。今度もまたガス台の上の古ぼけた鏡をわずかに見やり、煮立ってきた牛肉とジャガイモの鍋をいくらか弱火にすると、カウチに寄っていって、セシリアの告白を聞いてやるべく、その顔を上向かせた。

「いいから言ってごらんなさいよ。絵がひどいってわけじゃなさそうね。フェリーに乗って、出会った人でもいるんでしょ。ほら、セシリア、言いなさいって――ヘティおばさんに話しちゃいなさい」

だが若い人が憂鬱《ゆううつ》になったなら、まず有り余る溜息《ためいき》と涙を出しきらないといけない。それからロマンスの舟がふわりと流れて、心地よい島の港にたどり着く。ほどなく、細作りで丈夫な肩の筋を告解席の格子《こうし》とするように、この若い女が懺悔《ざんげ》して――あるいは聖なる火が燃えていることを輝かしく伝えたのかもしれないが――ありのままの飾らない話として聞かせていた。

「つい三日前のことだけど、あたしジャージーシティーから帰るフェリーに乗ったの。画商のシュラムさんていう人に言われて出かけたのよ。さるニューアークのお金持ちの注文で、お嬢さんをモデルに小さい細密画を描くっていう仕事だった。だから作品の見本を持って行ったの。でも五十ドルという値段を言ったら、その金持ちがハイエナみたいな笑い声を上げたのよ。クレヨン画なら、これより二十倍も大きくて八ドルだ、なんてこと言ってた。

あたし、もう手持ちの現金は、ニューヨーク側へのフェリー代くらいしかなかった。すっかり生きるのがいやになった気分でね。それが顔に出てたんだと思う。フェリーの客室で向かいの座席にいた彼が、そうと感づいたようにこっちを見てたわ。いい男だったわよ。あ、そんなことより、やさしそうに見えた。疲れたり落ち込んだり世を儚《はかな》んだりってときは、やさしさが身に染《し》みるのよね。

だけど、あたし、すっかり惨《みじ》めになって、もう我慢できずに席を立って、ゆっくり歩いて、客室の後部扉から出ちゃった。まわりに人はいなかった。するっと手すりを越えて、ぼちゃん。ああ、ヘティ、冷たかった、水が冷たいのよ！

でも一瞬、またヴァランブローサ・アパートに帰りたいって思った。アパートで飢えて死にそうでも希望を持っていたい、なんてね。あとはもう感覚がなくなったみたいに、どうでもよくなった。そしたら誰かもう一人水の中にいるんだと気がついた。あたしを持ち上げようとしてるじゃないの。あの彼だった。ついてきたのね、それで助けようと飛び込んだ。

大きな白いドーナツみたいなのを投げ込んだ人がいたんで、彼があたしの腕をつかんで、その穴に突っ込ませた。それからフェリーが少しバックして、あたしたち引き上げられた。ああ、ヘティ、あたし身投げなんて馬鹿なことして恥ずかしいったらなかった。髪の毛だってばらけてずぶ濡《ぬ》れだし、もう見られたもんじゃなかったわよ。

それから青い制服の人たちが来たんだけど、名刺を渡して事情を説明したのも彼だったわ。手すりの外の船縁《ふなべり》に財布を落としたようで、取ろうとして足をすべらせたって言ってくれたの。それで思い出して、こわくなった。たしか自殺未遂の場合でも殺人未遂の犯人と一緒くたに収監されるって新聞に書いてあったから。

あたしは女の係員にボイラー室に連れて行かれて、だいぶ水気が乾いて、髪も一応は整った。フェリーが岸に着いたら、彼が来て辻馬車《つじばしゃ》に乗せてくれたの。彼はびしょ濡れのままだったけど、ふざけた遊びみたいに笑ってた。名前と住所を教えてくれって言われたけど、あたし恥ずかしくて言えなかった」

「馬鹿ねえ」ヘティはやさしく言った。「ちょっと待って。もう少し部屋を明るくするから。それにしてもタマネギ、あればいいのに」

「それから彼が帽子を上げて言ったのよ」セシリアの話が続いた。「じゃあ調べさせてもらうよ、サルベージした当事者の権利もある、なんてことを言ってから、馭者《ぎょしゃ》に運賃を払って、この人をどこへでも連れてってあげてくれと言っていた。サルベージって何なの」

「セルビッジね。布地の端っこのことでしょ。かがり縫いしなくてもほつれないようなな」店員は言った。「あんた、よほどにばらけて見えたのよ、きっと」

「あれから三日」ミニアチュアの画家が絞り出すように言った。「まだ見つけてもらえない」

「期限を延ばしなさいよ。これだけの大都会なんだもの。水浸しになって髪がばらけた女だって何人いることやら。その中から見つけるのも大変だわ。シチューがいい具合になってきた――ああ、タマネギ欲しい。ニンニクのひとかけらでも、あれば足せるのにね」

牛肉とジャガイモが、沸々と楽しげに煮えていた。思わず涎《よだれ》が出そうに匂《にお》い立つ、と言いたいところだが、まだ味わいとして物足りない。あったらいいと思う材料が、いま欠けているだけに、たまらなく欲しくなっていた。

「あたし、あの川で溺れ死ぬところだった」セシリアが身震いした。

「水が足りなかったのかな」ヘティは言った。「あ、シチューの話よ。ちょっと流しへ行ってくるね」

「いい匂いだわ」画家が言った。

「あんな川が？」ヘティは異議を唱える。「ノース川なんて、石鹸《せっけん》工場か濡れたセッター犬みたいな臭《にお》いだと思うけど——あ、シチューの話か。これにタマネギが欲しいのよね。その人、お金持ちみたいだった？」

「第一印象としては、やさしい人」セシリアは言った。「お金もあると思う。こだわらないけどね。でも馭者に支払おうとして札入れを出したときに見えちゃった。何百ドル、何千ドルかしらね。馬車に乗ってからも首を出して見てたら、あの人、船着き場から自動車に乗ったわ。ずぶ濡れなんで、運転手がベアスキンのコートを着せかけてた。それが三日前の話なのよ」

「ばーかねえ」つれない言い方になった。

「だって運転手は濡れてなかったもの」セシリアは息を吐くように言う。「運転は上手みたいだった」

「あんたのことよ。自分の住所くらい言えばよかったじゃないの」

「あたし、運転手に住所を言うなんてことないから」セシリアは、つんと澄まして言った。

「あったらいいのに」ヘティは消沈している。

「どうして？」

「シチューに入れるに決まってるじゃない――あ、タマネギのことよ」

ヘティは水差しを持って、廊下の突き当たりの流しへ向かった。

階段下まで行くと、ちょうど上から降りてくる若い男がいた。身なりは整っているが、やつれたような顔をしている。心身のいずれかに悩みでもありそうな、どろんとした重たい目になっていた。その手にタマネギを持っている――ほんのり赤みが差して、なめらかな、つややかな、ずっしりしたタマネギは、九十八セントの目覚まし時計くらいの丸い大きさがあった。

ヘティは足を止め、若い男も立ち止まった。女店員の立ち姿には、ジャンヌダルク的ヘラクレス的ウーナ的なものがあった――ヨブと赤ずきんの役どころは抜け落ちている。すると階段下で停止した男は、あたふた取り乱して咳《せ》き込んだ。なぜかわからないが、その場で動けなくなり、攻められて、襲われて、調べ上げられ、食らいつかれて、むしり取られそうな予感がした。そうなったのはヘティの目つきのせいである。その目の中に海賊旗が舞ったのだ。すばしこい水夫が短剣を口にくわえてマストのロープをするする登り、がつんと旗を留めていた。だが男は、まったく談判もないままに奇襲された原因が、輸送中の荷物にあるのだとは知る由《よし》もなかった。

「すみませんっ」ヘティは薄めた酢酸のようになりそうな声で、なるべく甘味を出そうとして言った。「ひょっとして階段に落ちてたんじゃありません？　あの、いま買い物した袋に穴があいてて、それで落としたかと思って拾いに来たんですけど」

若い男は三十秒ほど咳が止まらなかった。そうして時間を稼げたぶんだけ財産を守る気力が出たのかもしれない。刺激性のあるお宝を握る手に貪欲《どんよく》な力が入って、すさまじき伏兵にも毅然《きぜん》とした顔を向けた。

「いや」返事をする声がしゃがれている。「階段にあったんじゃなくて、最上階のジャック・ベヴェンズにもらったんだ。嘘《うそ》だと思ったら、あいつに聞きに行ってくれよ。ここで待ってるから」

「そういう人がいるのは知ってます」酸味のある言い方になった。「物書きなんでしょう。紙屑《かみくず》をたくさん出してる。よく分厚い封筒が返されてくるんで、郵便配達の人にやり込められてるのが筒抜けに聞こえるわ。あのう――ここにお住まいでしたっけ？」

「あ、いや」若い男は言った。「ベヴェンズとは知り合いで、訪ねてくることもあるんだ。僕は二ブロック西に住んでる」

「そのタマネギ――すみませんけど、どうするの？」

「食べる」

「そのまま?」

「ああ。うちへ帰ったら」

「ほかに付け合わせるものは?」

若い男は、ふと考えた。

「ないね」と白状する。「うちに食材らしきものは全然。ジャックのやつも手持ちの食いものがないらしくて、タマネギを手放そうとしなかったんだが、そこを無理やり別れさせた」

「あらまあ」ヘティは世間を見てきた知恵者の目で男を見つめ、骨っぽい指先にものを言わせて相手の袖《そで》を押さえた。「あなたも苦労してるのね」

「そりゃもう」タマネギの持ち主が即座に答えた。「なけなしの財産だね。でも盗んだわけじゃない。じゃ、そろそろ失礼しないと」

「あ、ちょっと」ヘティの顔に不安が出た。「生のタマネギなんて、いい食べ方じゃないわよ。でも、それを言うならタマネギのないビーフシチューもだめ。もしジャック・ベヴェンズの知り合いというなら、たぶん大丈夫じゃないかな。あの、いま女の人が来ていて――あたしの知り合いなんだけど、廊下の突き当たりの部屋にいるの。それが二人とも運の悪い似たもの同士で、お肉とジャガイモまでは出し合ったのよ。それが煮えてきたのに、まだ決め手に欠けてるの。どうしても取り合わせってものがあるわよね。そろっていて当たり前みたいな。たとえばピンクの薄い生地と緑のバラ。それからハムと卵。アイルランド系とトラブル。そしてまたタマネギあってこその牛肉とジャガイモ。さらにまた困ってる人と、同じように困ってる人」

若い男は、また咳き込んで、しばらく止まらなくなった。一方の手でタマネギをぎゅっと胸に押しあてる。

「なるほど、なるほど」ようやく口がきけた。「でも、いま言ったとおりで、もう行かないと――」

ヘティは男の袖をつかまえて放さなかった。

「ばか言っちゃだめ。生で食べるもんじゃないの。いいから夕食に供出して仲間になってよ。いままでスプーンですくって食べたことのないようなシチューをどうぞ。女が二人いて夕食に誘ってるのに、殴り倒して引きずらないと部屋に来られないの？　女ね、悪いようにはしないから。堅いこと言わないで、お入りなさいな」

青ざめていた男の顔が、ふっと表情をやわらげて笑った。

「じゃあ、そうしようかな」だいぶ明るさが出ている。「こんなものが推薦状になって、あやしいやつじゃないと思ってもらえるなら、ありがたくご招待に応じるよ」

「あやしくなくて、おいしくなると思うわ。それじゃドアの外でお待ちください。中にいる一人にも異存がないか、念のため聞いてみるから。その推薦状持ったまま逃げてっちゃだめよ」

　ヘティは部屋に入ってドアを閉めた。若い男はその場で待つことにした。

「ちょっとちょっと、セシリア」店員の女は、鋸《のこぎり》のように鋭くなりそうな声に、できるだけ油を差すようにして言った。「いま外にタマネギがいるのよ。若い男も込みで来てもらうことにしちゃった。あんた、いやだなんて言わないわよね？」

「あら、どうしよ！」セシリアは立ち上がって、芸術性のある髪を撫《な》でつけた。壁に掛かったフェリーのポスターに、悲しげな視線を投げている。

「違うってば」ヘティは言った。「そうじゃないでしょ。現実に立ち向かわないと。さっきの話に出たのは、お金持ちで自動車に乗ってる人だったわよね。ドアの外で待たせてるのは、タマネギしか食べるものがないっていう貧乏人なんだから。でも気さくな感じで、図々《ずうずう》しくもなさそう。きっと紳士として暮らしていたのが、いまは落ちぶれたってところね。ともかくタマネギは欲しいじゃないの。ね、連れてきていいでしょ？　おかしな真似《まね》をする人じゃないと思う」

「ヘティ、あのね」セシリアは溜息をついた。「あたし、おなか空《す》いてたまんないの。

もう王子さまでも泥棒でもかまやしない。食べるもの持ってる人なら、とにかく連れてきて」

ヘティは廊下に出た。タマネギ男がいない。心臓が拍動を一つ飛ばしたような気がした。薄暗い影のような表情が顔に落ちかかって、鼻の頭と頬骨だけが浮いていたが、まもなく生命の波が揺り戻すことになった。男は逃げたのではなく、廊下を突っ切って表側の窓から下に身を乗り出していた。急いで近づくと、男が地上の誰かに何やら言いつけているのがわかった。街路の騒音があるので、ヘティの近づく足音は聞こえなかったようだ。男の肩越しにのぞいたヘティは、誰が下にいて何を言われているのかを知った。すると男は窓枠を離れ、おおいかぶさるヘティを見た。

ヘティの視線が、二本の錐《きり》を揉《も》み込むように、男に食い入った。

「嘘は言いっこなしよ」と静かに言う。「そのタマネギ、どうするつもりだったの?」

若い男は出そうになった咳を抑えて、腹を据えたようにヘティの顔を見返した。対決を迫られることには慣れているようだ。

「食べるつもりだった」男はじっくりと聞かせるような口をきいた。「さっき言ったとおりだ」

「うちに帰っても、ほかに食べるものないのよね?」

「全然」

「あなた、お仕事は？」

「いまのところ無職」

「だったら、どうして」ヘティの声は研ぎすました刃に乗って差し出された。「どうして窓から下に向けて、緑色の自動車の運転手に指図したりするの？」

若い男は顔を紅潮させ、鈍かった目に光が出た。

「それはですね」と言いだして次第にテンポが速まった。「僕が運転手に給料を支払って、自動車の持ち主だから――このタマネギの持ち主でもありますがね」

そう言ってヘティの鼻先でタマネギを揺らした。ヘティは髪の毛一本ほどにも退かない。

「だったら、どうしてタマネギだけで」と嚙《か》みつくような皮肉をきかせた。「ほかに何にも食べないの？」

「そうは言ってませんよ」若い男も熱っぽく反論した。「うちには食材がないと言ったんでね。デリカテッセンをやってるわけじゃあるまいし」

「だったら、どうして」ヘティも強硬に問いつめる。「生のタマネギなんて食べるの？」

「昔から母親に言われたんだ。風邪を引いたらタマネギを一個食べなさい――。あんまり身体《からだ》の不調を訴えるのも不躾《ぶしつけ》だが、ご覧のとおりで、ひどい風邪にかかってる。きょうはタマネギを食べて早く寝ようと思ってるよ。だからといって、こんなところで謝ってなくちゃいけない道理もないんだが」

「どうしてまた風邪なんか引いたの？」ヘティは疑惑の追及をやめなかった。

すでに若い男は高ぶった感情の極点に届いていたと言ってよい。ここから降りるとしたら方法は二つしかなかった。この憤懣《ふんまん》を爆発させるか、もう降参して馬鹿らしさに付き合うか。彼は賢い道を選んだ。がらんとした廊下に、しゃがれ声の笑いを響かせたのだ。

「いや、たいしたもんだ。たしかに用心したくなるのは無理もないね。じゃあ言うよ。ずぶ濡れになったからさ。このあいだノース川のフェリーに乗ったんだが、飛び込んじゃった女がいて、もちろん僕は――」

ヘティは手を突き出して、男の話を止めた。

「そのタマネギもらうわ」

若い男はわずかに顎を引き締めた。

「タマネギもらうわよ」ヘティが重ねて言った。

男は破顔して、タマネギを彼女の手に持たせた。

そしてヘティの顔には、いつになく暗く寂しい笑みが浮いた。男の腕をつかんで、もう一方の手を部屋のドアに向ける。

「ほら、お入りなさいな。あんたが川で釣ったおばかさんが待ってるわ。さ、行って。あたしは三分だけ外にいてあげる。ジャガイモが部屋で待ってるんだから。それ行け、タマネギ」

男が軽くノックして入ってから、ヘティは流しでタマネギの皮を剝いて洗った。窓の外に連なるくすんだ色の屋根に、くすんだ視線を投げている。顔がひくひく動いて、笑いは消えていった。

「あたしたちなのよ」心の思いは暗かった。「あたしみたいな女がいて、牛肉があるんだわ」

王女とピューマ

The Princess and the Puma

まず王と王妃がいなければ話は始まらない。王様はおっかない老人で、六連発の拳《けん》銃《じゅう》を持ち、拍車のついた靴をはいていた。その大音声《だいおんじょう》はすさまじく、ひとたび大平原に轟《とどろ》けば、ガラガラ蛇でさえ一目散に逃げていってサボテンの下の穴に隠れていた。王家ができあがる以前には、〈ささやきのベン〉と言われた男である。ところが五万エーカーの土地と、もはや数えられない牛の群を所有するにおよんで、〈牛王〉オドネルと称されることになった。

王妃様はラレードの町にいたメキシコ人の娘である。茶系の葉巻のような色の肌をして、おだやかな良妻になった。うまくベンを教育して、その大きな声も家の中ではほどほどにしないと皿が割れそうで困るのだとわからせてもいる。ベンが王様になってからは、エスピノーサ牧場のベランダに坐《すわ》って、藺草《いぐさ》のマットを編んでいた。だが、これだけ裕福になったら、いくら何でも体裁というものがあるということで、布張りの椅子《いす》とセンターテーブルが荷馬車に乗ってサンアントニオから運び込まれると、なめらかな濃い髪の頭をうなずかせ、幽閉されるに等しい運命を甘受して母になった。

以上、王家に無礼を働かないように、とりあえず述べておいた。だが、この二人について語ろうというのではない。もし物語に題名をつけるなら、「王女、機転、しくじったライオンの記録」とでもしようか。

ジョセファ・オドネルは、ただ一人育ち上がった王家の娘である。あたたかい気立てのよさ、浅黒い亜熱帯の美貌《びぼう》は、母親から譲られたものだ。王様のベン・オドネルからは、こわいもの知らずの度胸、まっとうな精神、人の上に立つ器量を受け継いでいる。そうして出来上がったのは、何マイルの道を行ってでもお目にかかりたくなるような娘だった。小型の馬を駆けさせて、紐《ひも》に吊《つる》したトマト缶を標的に、馬上から六発に五発は撃ち抜いていた。そうかと思えば、かわいがっている白猫に珍妙なる衣装をまとわせ、あれやこれやと着替えさせて何時間でも遊んでいた。鉛筆なんて要るもんですかと豪語して、二歳になった牛を一頭あたり八ドル五十セントで千五百四十五頭なら売り上げはいくらかと、たちどころに暗算をしてのけた。

エスピノーサ牧場は、おおよそ縦四十マイル、横三十マイルくらいの土地に広がっていた。といって、ほとんどは人に貸している。この全体のどこもかしこも、ジョセファが小馬に乗って走り回った。その姿を見知らぬカウボーイはない。みな王女の忠僕になったような気でいた。ある日のこと、大牧場の一角で現場を仕切っていたリプリー・ギヴンズが、ジョセファを見かけて、ぜひとも王女を妃《きさき》に迎えたいと思い立った。これを身の程知らずと言うべきか？　この当時、ニュエセス川の一帯では、男たるものは男である。また王様とは言っても牛の王だ。高貴な血筋でなくともよい。いや、王位にまで登りつめたのは、牛泥棒としての技芸に秀《ひい》でていたからだという例も少なくない。

さて、このリプリー・ギヴンズが、馬に乗ってダブルエルム牧場へ出かけた日のことである。一歳の牛の群が迷子になってしまった件で問い合わせに行って、いざ帰ろうとした時刻はだいぶ遅くなっていた。ようやくニュエセス川の〈白馬の渡し〉という地点に着いたところで日没となった。ここからキャンプまでは十六マイルの距離がある。エスピノーサ牧場の本邸へは十二マイル。きょうは疲れたと思って、ギヴンズは渡し場で夜明かしすることにした。

この川に、ちょうどよい水場ができていた。両岸は鬱蒼《うっそう》とした大木の森で、びっしりと下草が茂っている。水場から五十ヤードばかり引っ込んで、メスキート草の地面があった。この草は馬に食《は》ませてもよいし、彼の寝床にもなるだろう。まず馬をつないでおいて、鞍下《くらした》の敷物を広げて乾かした。木の幹に寄りかかって坐り、シガレットを一本巻いた。すると突然、川沿いの森のどこかに、猛々《たけだけ》しく喉《のど》を震わす声があった。

つないだ馬がロープを引くように踊って、察知した危険に鼻先を鳴らしていた。ギヴンズはシガレットを吸いながら、あわてることなく、草地に置いた拳銃のベルトに手を伸ばした。そろりと弾倉を回す。大きなガーの魚体が、ぼちゃんと水場で跳ねた。小さな茶色のウサギが、低い木の茂みを跳ねまわり、ちょこなんと坐った姿勢でひくひく髭《ひげ》を動かして、とぼけた顔をギヴンズに向けた。馬は草を食っていた。

日の暮れた渓谷にピューマが高く吠《ほ》えたら、用心を怠らないことだ。その歌声は何の謂《いい》か。ちょうどよい子牛子羊がいないから、そっちへ食いに行ってやろうか、と言っているのかもしれない。

草地にフルーツの空き缶が落ちていた。以前に野宿して捨てた人がいるのだろう。ギヴンズは缶を見て、ふふっ、と喜んだ。鞍にくくりつけた上着のポケットに、コーヒーを挽《ひ》いた粉が一握りか二握り入っている。ブラックコーヒーとシガレット！　これさえあれば、もうカウボーイには充分だ。

二分もすると、しっかりした小さな焚《た》き火ができていた。空き缶を持って水場に向かう。水辺までせいぜい十五ヤードに近づいたら、茂みに見え隠れしたのが、女物の鞍を乗せた小型の馬だった。手綱を垂らして、地面の草を食っている馬が、左手方向に見えている。そして水辺で手足をついて立ち上がろうとしているのが、なんとジョセファ・オドネルだ。水を飲んでいたらしい。手についた砂を払いのける。その右手側に十ヤードほど、草むらに半ば隠れて、いまにも飛びかかろうという構えのピューマがいた。琥珀色《こはくいろ》の両眼に飢えたような光をぎらつかせる。その眼から、ポインター犬のようにぴんと伸ばした尻尾《しっぽ》の先まで、六フィートはあるだろう。下肢を揺り動かすように見えるのは、猫族が跳躍に転じる前兆だ。

ギヴンズはとっさにできることをした。六連発は三十五ヤード離れた草の上なのだ。やむなく大きな突撃の声を上げ、ピューマと王女の間に割り込んでいった。

あとになってギヴンズが「すったもんだ」と評した出来事は、ごく短時間に、何が何だかわからないうちに終わっていた。襲撃の経路へ身を挺《てい》したと思いきや、目の前の空気に線が走って、ぱんぱんという音を聞いた、ような気がした。ピューマが百ポンドの体重をかけて彼の頭にのしかかり、彼はべしゃっと地面に倒されている。「重てえぞ――目はよせ、反則！」と叫んだ覚えはあった。そして虫が這《は》うようにピューマの下から出た。口の中まで草だらけ土だらけで、ミズニレの木の根にぶつけた後頭部に大きなたん瘤《こぶ》ができていた。ピューマはぐったり動かなくなっている。ギヴンズは、ずるい手を使われたという意識に駆られて、ピューマに拳《こぶし》を振り上げ、「もう一番、二十分勝負――」と口走ってから、われに返った。

ジョセファはその場にすっくと立って、騒ぐことなく銀拵《ぎんごしら》えの三十八口径に弾を詰め替えていた。さほど難しい射撃ではなかった。ピューマの頭なら、紐の先で揺れるトマト缶よりも、ずっと当てやすい標的だ。彼女の口元に、黒い瞳《ひとみ》に、ざっとこんなものよという小憎らしい笑みが浮いていた。王女の危機を救う騎士になるはずだった男は、いま焼け落ちる大失敗に魂までも焦《こ》がされようとしていた。まさに千載一遇、夢に見た絶好の機会だった。それなのに、この場の仕切り役はキューピッドではなかった。出てきたのは皮肉屋の神モモスだ。森の半獣神サテュロスも、腹を抱えて、静かな大笑いをしているに違いない。どたばたの大衆演劇のようだ。ギヴンズ氏による縫いぐるみライオンとの取っ組み合い——。

「ギヴンズさんだったのね?」ジョセファが言った。ゆっくり落ち着いて、とろりと甘いアルトの声だ。「大きな声を出すから、狙《ねら》いをはずすところだったわ。倒れて頭打ったりしなかった?」

「あ、いえ」ギヴンズは、そっと静かに言った。「僕は大丈夫ですが」へなへなと情けなくかがみ込んで、とっておきのカウボーイ帽をピューマの下から引き出した。帽子は滑稽《こっけい》なまでにぐっしゃり押しつぶされていた。猛獣はかっと口を開いた形相で息絶えている。ギヴンズは膝《ひざ》をついて、その頭をやさしく撫《な》でてやった。

「かわいそうなことをしたな、ビル！」と哀悼の声をあげる。

「何なの？」ジョセファは、きっとなって言った。

「そりゃあ、ご存じなかったでしょう」ギヴンズは一芝居打った。「お嬢さんを責めはいたしません。悲しいが、大きな心で乗り越える、という体裁である。

助けてやりたかったんですが、お知らせする間もなくて」

「助ける？　誰を？」

「このビルですよ。きょう一日さがしてたんです。もう二年も、うちのキャンプで可《か》愛《わい》がってるペットでしてね。いいやつでした。ウサギ一匹いじめたりはしません。こうなったと知ったら、うちの連中、がっかりでしょう。こいつめ、お嬢さんと遊びたかったんでしょうが、そんなことおわかりになりませんよね」

ジョセファの黒い瞳が、燃えるような視線を浴びせかけた。厳しい審査に、リプリー・ギヴンズは耐え抜き、沈鬱に茶系の巻き髪を乱しながら立っていた。その日に浮かぶ痛恨の色にはやんわり咎《とが》めるような気味がなくもない。すっきり整った顔立ちは、悲しみとしか言いようのない表情に強《こわ》ばっていた。ジョセファの心は揺れた。

「そのペットが、どうしてここに？」これは最後の抵抗とも言うべき問いかけだ。

「このあたりにキャンプなんてなかったと思うけど」

「こいつ、きのうキャンプから逃げ出したんですよ」ギヴンズは淀《よど》みなく答える。「よくコヨーテをこわがらずに、ここまで来たもんです。じつはその、馬の世話係をやってるジム・ウェブスターが、先週、テリアの小犬をキャンプに持ち込んでから、ビルがさんざんな目に遭ったんで——追っかけまわされて、うしろから嚙《か》みつかれるなんてことが、いつまでも続いてました。毎晩、寝る時間になると、誰かの毛布にもぐり込んで、犬に見つからないようにかくまってもらったんです。ついに逃げ出したとは、よくよく思いつめてのことでしょう。キャンプから離れるのをこわがってたくらいですから」

ジョセファは、この猛獣の死骸《しがい》に目をやった。一歳の牛くらいは一撃で斃《たお》しただろう強そうな前脚に、ギヴンズが軽く手をあてる。オリーヴ色の美女の顔に赤みが差して、じんわりと広がった。うっかり格下の獲物を殺してしまったことが、狩猟家として悔やまれるのだろうか。きつかった目つきがやわらいで、いくらか目蓋《まぶた》が閉じかかり、もう相手を小馬鹿《こばか》にするような色は吹き飛んでいる。

「ごめんなさい」と、すっかり辞を低くした。「でも、すごく大きくて、高く飛んできたから——」

「ビルのやつ、腹を空《す》かせてたんです」ギヴンズは皆まで言わせず、死んだものの弁護をした。「キャンプの夕食どきには、ジャンプの芸をさせたんで。肉を一切れもらうだけでも、寝そべって転がったりしてたんですよ。お嬢さんを見つけて、この人から何かもらえると思ったんでしょう」

あっ、とジョセファは目を見開いた。

「いま、あなたを撃つところだった！」思わず叫びを上げている。「だって真ん中へ飛び込んでくるんだもの。命がけでペットを助けようとしたのね。すごいわ、ギヴンズさん。わたし、動物にやさしい人が好き」

そう、じっと見つめる彼女の目には憧《あこが》れさえも浮いている。たったいま好機はみじめに潰《つい》えたが、その廃墟《はいきょ》から、ついにヒーローは立ち上がった。このときのギヴンズの顔ならば、動物虐待防止協会の役員にだってなれただろう。

「昔から動物好きでして、馬でも、犬でも、ピューマや、牛も、あとワニも――」

「ワニは嫌い」すかさずジョセファが異を唱えた。「もぞもぞ泥んこで這いずって」

「いえ、あとワ、あとは……アンテロープとか」

ジョセファは慚愧《ざんき》の念に堪えず、さらなる対応策に踏み出した。謝罪の手を差し伸べたのである。両の目にきらりと光る涙の粒が引っかかっていた。

「すみません、ギヴンズさん、許してもらえますか？　やっぱり女ですから、こわさが先に立ってしまって。ほんとに、ごめんなさい。ビルを撃ったことお詫《わ》びします。自分が情けないです。こうなるとわかってたら絶対しなかったのに」

ギヴンズは差し出された手をとった。しばらく手を離さずに、持ち前の広い心によってビルを失った悲しみに克《か》っていく時間を稼いでいた。そしてついに、もう許すということが、はっきりと伝わった。

「では、この話はおしまいにしましょう。ビルだって見かけがこんなですから、若い女の人は、それだけでこわくなってしまいますね。うちの連中には、うまく言ってきますよ」

「ほんとに、わたしのこと嫌いにならない？」ジョセファが駆り立てられるように寄ってきた。その目の表情は甘くやさしく――ああ、これぞ心から悔いて訴えかける誠実な目だ。「わたしなんて、もし子猫を殺されたら、犯人を恨んでしまいます。あなたは自分が撃たれる危険を冒して飛び込んだ。いくら男の人でも、そこまで思いきったことは、めったにできるものではありませんよ」

敗北から勝利をもぎ取った！　どたばたの茶番が転じて立派な劇になった。やったぞ、リプリー・ギヴンズ！

すでに日は暮れている。ジョセファお嬢さんだけを帰らせるわけにはいかない。ギヴンズも牧場の本邸へ向かうことにして、馬が恨めしそうな目をするのには構わず、その背に鞍をつけ直した。王女様と、動物好きな男。二騎がならんで草地を駆ける。豊かに実る土地に可憐《かれん》な花が咲く大平原の匂《にお》いが、あたり一面に甘く立ちこめていた。丘の上からコヨーテの声！　こわくはない。だが、しかし——

ジョセファがいくぶんか馬を寄せた。小さな手がさぐって出る。これをギヴンズの手がさぐり当てる。二頭の馬は足並みをそろえていた。二つの手は離れることなく浮いていた。一方の手の持ち主が言った。

「いままで恐ろしいとは思わなかったけど、考えてみれば大変だわ！　おっかないピューマが出るかもしれない。ああ、ビルには気の毒なことを！　でもギヴンズさんに来てもらえて本当によかった」

牧場では、オドネルがベランダに腰を下ろしていた。

「よう、リップ！」威勢よく声をかける。「どうしたんだ」

「送ってくれたのよ」ジョセファが言った。「ちょっと道に迷って、遅くなっちゃった」

「そりゃあ世話になったな」牛の王様が言った。「泊まってけよ、リップ。あすの朝帰ればよかろう」

だが、ギヴンズはそうしなかった。どうしてもキャンプに戻るという。夜明けとともに牛追いの仕事があるのだった。では、おやすみなさい、と言うなり馬を走らせていった。

それから一時間後、もう明かりも消えた時刻に、寝巻に着替えたジョセファが自室のドアから、レンガ敷きの廊下越しに王の居室へ呼びかけた。

「ねえ、ほら、〈耳欠けの悪魔〉っていう名前のついたピューマがいたでしょ？　マーティンさんとこで羊飼いやってたゴンザレスを殺したやつ。サラド放牧場では子牛を五十頭もやられたじゃない。きょうの夕方、〈白馬の渡し〉で、そいつを黙らせてやったのよ。飛びかかろうとするから、頭に二発、三十八口径の弾をぶち込んだわ。ゴンザレスが鉈《なた》を振りまわしたんで、たしかに左耳が欠けてた。だから、あいつに間違いない。ずばり命中よ。父さんだって、ああまでうまくいかなかったかも」

「そうかい、よくやったな！」暗くなった王の居室から、〈ささやきのベン〉が雷のような声を轟かせた。

貸部屋、備品あり

The Furnished Room

まるで時間そのもののように、あたふたと移ろい去っていく。ロウアー・ウェストサイドの赤レンガ地区で暮らす人々には、かなりの浮動層が存在する。家を持たずにいて、どこにでも家がある。備品付きの部屋を借りて転々と移り住み、永遠の仮住まいをして、住居ばかりか精神さえも仮住まいになっている。「埴生《はにゆう》の宿」をラグタイム調で歌い、大事なお宝も手軽に持ち歩き、もし蔦《つた》がからまるとしたら大きな帽子の飾りだけで、またゴムの木をもってイチジクの木に代える。

そんなわけで、この近辺の建物には、どこにも千の住人が入れ替わりして、千の物語があったことになる。どうせ大半はありきたりな話だろうが、これだけ去来する人の数が多いと、亡霊が取り残されるということも一度や二度はあったに違いない。

ある日、もう暗くなった夕方に、付近をうろつく若い男がいた。だいぶ古びた赤レンガの建物をあちこち訪ねて呼び鈴を鳴らしている。十二軒目で、わずかな手荷物を玄関前の階段に置き、帽子に巻いたリボンおよび自分の額についた土埃《つちぼこり》を払い落とした。奥まった空洞でかすかに鳴ったような音が、この家の内部に聞こえた。

十二軒の呼び鈴を鳴らして、ようやく管理人が出てきた。見たところ、飽食の芋虫とでも言いたくなるような女だった。食い入った木の実をがらんどうに食い尽くし、うまそうな客が来たら、この殻に詰め直そうと待ちかまえていたのだろう。

男は空いている貸間はあるだろうかと言った。

「じゃ、どうぞ」管理人の女が喉《のど》から声を出した。毛皮で内張りをした喉なのかという声だ。「三階の奥ですよ。一週間前に空いたんだけど、ご覧になります？」

若い男は、管理人のあとについて階段を上がった。ぼんやりした光がどこからともなく届いていて、廊下の暗闇《くらやみ》をいくらかやわらげている。カーペット敷きの階段を足音もなく上がった。しかしカーペットとはいいながら、これを織った機械でさえ、もう自分の仕事だとは思いたくないだろう。すでに一種の植物と化したようだ。まるで日が射《さ》さず、空気がねっとりと淀《よど》んでいて、すっかりカーペットは落ちぶれた。まだらに広がった苔《こけ》が階段にへばりついているようなもので、粘りのある有機物を踏んでいるのではないかと思える。階段の曲がり角ごとに壁を凹《くぼ》ませた箇所があった。鉢植えか何かを置いたこともあるのだろう。そうだとしても、この汚濁した空気を吸って枯れ果てたに違いない。あるいは聖像が置かれていたということもあるだろうか。だとしたら、悪鬼や妖怪《ようかい》が現れて聖人を暗闇に引きずり出し、おぞましき奈落《ならく》の部屋をあてがったということも想像に難くない。

「ここですよ」毛皮張りめいた喉声で、女が言った。「いいお部屋です。あんまり空くことはないんだけどね。このあいだ夏のうちは上々のお客さんが入ってた。何のトラブルもなくて、家賃はきっちり払ってくれて――。水を使うなら廊下の突き当たり。スプラウルズとムーニーが、ここに三カ月いたのよ。舞台でコントやってる二人組。ミス・ブレッタ・スプラウルズなんていう名前、聞いたことないかしら。もちろん芸名だけども。そこのドレッサーの上に、結婚証明書を額に入れて掛けてたわ。ガス灯はここね。物入れはたっぷりしてるでしょ。この部屋なら誰だって気に入るんで、いつまでも空いてやしませんよ」

「よく芝居の人たちが借りるんですか？」

「そうね、出入りしてる。ここへ来る人に演劇関係は多いね。このへんは芝居の街なんで。役者ってどこにも長居しないもの。おかげで、あたしにも仕事がある。よく出たり入ったりしてるわ」

男は部屋を借りることにして、一週間の前払いをすませた。くたびれているので、このますぐに入居したい。そう言って金を数えたのだった。いいですよ、と女は言った。もう部屋の用意はできていて、タオルも水もすぐに使える。この管理人が出て行こうとするので、男はもう千度も尋ねたことを口にした。この質問は、いつでもどこでも口を突いて出そうになっている。

「あのう、若い女でヴァシュナーという——ミス・エロイーズ・ヴァシュナーというのですが——そんな人が部屋を借りたりはしてませんか？　おそらく舞台で歌っているのではないかと。きれいな人で、背丈は中くらい、ほっそりしていて、赤みがかった金髪で、左の眉毛《まゆげ》あたりに黒子《ほくろ》があります」

「さあて、聞いたことないねえ。舞台に出る人は、しょっちゅう部屋を移って、名前も変えるからね。入れ替わりが激しくてさ。そういう名前には覚えがないわ」

そうか。いつでもそうだ。この五カ月ほど、ずっと訪ね歩いて、どこへ行っても知らないと言われる。昼間はマネージャー、代理人、その他大勢の下っ端《ぱ》役者などに聞いてみる。夜になれば、あっちの劇場こっちの劇場と観客に聞きまわる。上等なオールスターキャストの劇場にも出かけるが、いかにも下等なミュージックホールにも足を運んで、見つけたくてたまらない目標を、こんなところで見つけたらたまらないという思いにもなる。誰よりも彼女を愛した男が、その彼女を探そうとした。彼女が郷里からいなくなって、この水に囲まれた大都会のどこかにいることは間違いないと思う。だがニューヨークは流砂の化け物のようでもある。さらさらと動くばかりで、どっしりした基礎がない。きょうは表面にある砂粒が、あすには地下にもぐって泥土《でいど》になる。

家具のそろった貸部屋は、新しい住人を迎えて、かりそめの歓待をちらつかせた。商売女が嘘《うそ》でも笑ってみせるように、心にもなく躍起になって客の気を引こうとする。だいぶ古びた家具類がほんのりと光を照り返して、もっともらしい安らぎをもたらしてくれる。カウチと二脚の椅子《いす》は綻《ほころ》びたりとはいえ紋織りの布張りだ。二つの窓の間には幅一フィートほどで縦に長い安物の鏡がある。一枚や二枚は絵も掛かっていて金縁の額におさまり、隅に寄せたベッドの銅製の枠にも鈍い光があった。

この部屋の客となった男は、くたびれた身体《からだ》を椅子にあずけた。ここにいると部屋が語りかけてくるようだ。わけのわからない混濁した言葉なので、まるでバベルの都に来たようだとも思うが、そうやって部屋がさまざまな過去の住人の物語を伝えようとする。

色数の多い花柄の敷物がある。南国の島が長方形になって、まわりで波打つ床マットの海に囲まれているようだ。壁紙も派手なもので、また掛かっている絵を見れば、新教徒の恋人たち、初めての諍《いさか》い、婚礼のあとの食事、泉の水を汲《く》むプシュケーといったような、家を持たずに転居を繰り返している人間には、どこへ行ってもついて回るお馴染《なじ》みの画題である。この部屋の暖炉は、きりっと引き締まった輪郭をしているのに、小賢《こざか》しく洒落《しゃれ》たつもりの布を掛けられ、しかもアマゾネスに扮《ふん》した舞踊団の飾り帯のように、わざと斜めにずらして掛かっているのが甚だしくみっともない。その暖炉の上に遺留品めいたものがある。ここに流れ着いて暮らしてから、うまく風向きにめぐまれて次の港へ去った住人が、放ったらかしにしていった。つまらない花瓶が一つ二つ、女優の写真、薬の瓶、半端《はんぱ》になったトランプのカード。

こんなものを見ていると、いわば暗号の文字が解読されていくように、家具付きの部屋を通りすぎた歴代の客のわずかな痕跡《こんせき》から、なにがしかの意味が読みとれるように思われた。ドレッサーの前の敷物がすり減っているとしたら、おしゃれな美人が入れ替わり立ち替わり住んでいたということだ。小さな指紋が壁についていたら、そういう小さき者がどこへも行けずに、外光と外気を求めて手さぐりをしたのだろう。壁に染《し》みがあって爆弾が破裂した影のように広がっているとするならば、グラスかボトルが中身ごと投げられた証拠になる。細長い鏡には、ダイヤモンドで刻みつけた下手な文字がならんでいて、「マリー」という名前に読めた。どうやら過去の住人は——おそらく、この部屋が派手好みなのに冷ややかであることに耐えきれず——かっとなって感情をぶちまける行為におよんでいたらしい。家具には外傷が目立った。スプリングが弾《はじ》けて形崩れしたカウチは、苦悶《くもん》の死を遂げた怪物のようである。さらに強力な騒乱もあったと見えて、大理石の炉棚に大きく削げ落《そ》ちた箇所がある。床の板材は一本ずつ個別の責め苦に喘《あえ》ぐかのように、それぞれの奇声を発して軋《きし》んでいた。当座の仮住まいとはいえ自分が暮らすことにした部屋に、ここまでの乱暴狼藉《ろうぜき》が働かれたとは、にわかに信じがたいことだった。あるいは、へんに家庭を求める本能にとらわれた人が、こんな偽物《にせもの》だらけではだめだという怒りに燃えてしまったのかもしれない。ほんとうに自分のものならば、ちっぽけな小屋でさえも、きれいに掃除をして、しゃれた飾りをつけて、大事にしようという気にもなるだろう。

そんな思いが、椅子に坐《すわ》った若い男の胸中を、そろりそろりと進んでいった。こういう部屋には、外からの音や匂《にお》いが流れてくる。どこかの部屋で、だらしのない下卑た笑い声が洩《も》れていた。また別のところから、一人でぶつくさと文句を言う声や、サイコロを転がす音、子守唄《こもりうた》、もっさりした泣き声が聞こえる。上の階ではバンジョーをかき鳴らしている。ばたんばたんとドアが閉まる。高架鉄道の轟音《ごうおん》が絶えない。裏手のフェンスで猫がみゃああと情けなく鳴いた。この建物の息遣いを男も吸い込んでいる。じっとりして、まるで地下蔵から上がってくる黴臭《かびくさ》い冷気のようなものが、床のリノリウムや腐れかけの板材が吐き出す空気と混ざり合っているようだ。

すると、突然、男が椅子に沈み込んでいた部屋に、ぷんと鼻をついて甘い芳香が漂った。木犀草《もくせいそう》の匂いだ。いかにも強烈な存在感があって、風に乗って吹き寄せられたかのような馥郁《ふくいく》たる香りに、何かしら生きたものが訪れたとさえ思われた。つい男は「何だ？」と口に出している。自分が呼ばれたような気がして立ち上がり、あたりを見まわしたのだった。この濃厚な香りが男にまとわりつき、すっぽりと包み込む。男のほうからも腕を広げる。とっさに五感のすべてが惑乱していた。まさか匂いなどというものに呼び止められることがあろうか。呼ぶなら音声だったはずだ。そう、かつては手で触れて撫《な》でられるように聞いた音でもあったろうか。

「この部屋にいたんだ！」そう叫んだ男は、勇躍して室内の捜索を始めた。どんな小さな目印でも、彼女が持っていたのか触れたのか、そういう名残があるならば、きっと見分けがつくはずだ。ふわっと広がる木犀草の匂い、彼女が好んで自分のものにしていた香気――これはどこから来たというのか。

あまり整理の行き届いた部屋ではない。ドレッサーの上面に薄手の布が敷かれて、ヘアピンがばらばらと出ているが――これは女物というだけで、どこの誰が使ったのか判別のしようがない。女に関わるには違いないが、どういう心地だったとも、いつのことだったとも語ってくれない。結局は身元不明を言い立てるだけの品物でしかないと思って、これは見ないことにした。ドレッサーの引き出しを物色すると、小さなハンカチがくしゃくしゃになっていた。顔に押しあててみる。きつい匂いがした。木犀草ではない。香水草だ。男はハンカチを投げ捨てた。これとは別の引き出しに、半端になったボタン、芝居のプログラム、質札、忘れられたマシュマロが二個、夢占いの本が一冊。そして最後に見た引き出しには、女が髪につける黒いサテンのリボンがあって、これを見た男は氷と火に挟まれたように動きを止めた。しかし、これもまた女の小道具というだけのことで、ありきたりな慎《つつ》ましいリボンが何かを語ってくれるわけではない。

それから男は犬が匂いを追うように室内を渉猟した。壁から壁と見てまわり、ふくらんだ床マットの隅々までも四つん這《ば》いになって点検する。暖炉やテーブルも、カーテンや掛け布も、部屋の隅で酔ってふらついたようなキャビネットも調べたが、これといって手がかりらしきものは目につかず、ここに彼女がいることが見えてこない。彼の前後左右に、内外に、頭上に、ひたひたと寄せてきて、彼に取りすがって願いごとでもしたいように、この繊細な感性の女が、鈍感な男にも聞いてもらおうと切々と訴えているというのに、やはり男には見えない。またしても男は「ああ、そうだよ！」と声を上げて、かっと見開いた目を向けているが、その先には虚空《こくう》しかなかった。木犀草の香気の中に、いまだ何の形も色も、愛も、広げた腕も見えていない。これは何たることなのだ。どこから匂いが来るのか。いつから匂いが声を出して人を呼ぶようになったのだ。男はもがいた。

わずかな隙間《すきま》も見逃すまいと首を突っ込んで、コルクやシガレットが見つかった。こんなものでは仕方ないと素通りしたが、床のマットが折り重なったところに吸いかけの葉巻を見たときには、あからさまに毒づいて踵《かかと》で踏みつぶしている。ともかくも捜索を徹底した。この部屋を通り過ぎていった住人たちの、くだらない、みっともない遺留品ばかりが見つかって、さがし求める肝心な人が、この部屋に住んでいたかもしれず、いまも精神のようなものとして漂っているらしいのに、その痕跡は何も残っていないのだ。

ここで管理人のことを思いついた。

男は霊気の訪れた部屋を飛び出して階段を下りた。わずかに光の洩れるドアがあって、ノックをすると管理人が出た。男は高ぶった心を極力抑え込んでいる。

「ちょっと聞きたいのですが」と頼み込むように言って、「私が来る前に、あの部屋にはどんな人が住んでいましたか？」

「ええ、さっきも言ったとおりで、スプラウルズとムーニーっていう二人組。女のほうは舞台ではミス・ブレッタ・スプラウルズだったけど、本名はミセス・ムーニーだった。この家は、ちゃんとした夫婦じゃないと泊めないのが評判なのよ。結婚の証明書を額に入れて、壁の釘《くぎ》に掛けて――」

「で、ミス・スプラウルズはどんな人でした？　見た目の感じとして」

「そうね、髪は黒くて短かった。しっかりした体つきで、喜劇向きの顔だわね。一週間前に引き払ったわよ。木曜日だった」

「じゃあ、その前に住んでたのは？」

「ええっと、独身男性で、運送業に関わってるとかで、一週間分の家賃を踏み倒して出てっちゃった。その前は、ミセス・クラウダーという人。二人の子持ちで、ここには四カ月いたわね。その前がドイルさんという老人で、家賃は息子が払っていた。ここには六カ月いたわ。それでもう一年くらい昔になるわね。あとはもう忘れちゃった」

男は礼を言って、這うように部屋へ引き上げた。もう部屋は死んでいた。ついさっき部屋に生気をもたらした息吹《いぶき》が失《う》せている。木犀草の香りは去った。いまは元通りに、この家の備品にまつわる黴臭さ、どんよりした倉庫から上がる空気のような匂いに置き換わっている。

希望が退潮するとともに、これまでの信念も流失した。坐り込んだ男は、静かに音を立てて燃えるガス灯の黄色い光を見つめる。まもなく男は立って、ベッドへ行き、シーツを細長く裂きはじめた。それからナイフの刃先を使って、窓の隙間、ドアの隙間に布きれを突っ込んだ。きっちりと目張りをしてから、ガス灯を消して、またガスだけを全開にして、これでいいのだと思いながらベッドに身を横たえた。

今夜はミセス・マクールがビールを飲みに行こうと思っていた晩だった。ジョッキをご持参で同業のミセス・パーディを相手に、地の底にもぐったような小部屋で坐っている。こういう地下室には、貸部屋の管理人が寄り来たって、げに恐ろしき話の種がつきない。

「今夜ねえ、三階の部屋を貸しちゃったのよ、あの奥の部屋」と言ったミセス・パーディの顔の前に、きれいな円形の泡がある。「若い男が借りてくれたわ。さっき二時間ばかり前に、今夜から寝るつもりで上がってった」

「あらま、そうだったの、パーディさん」ミセス・マクールは、つくづく感じ入っている。「ああいう部屋を貸しちゃうんだから、たまげたもんだわ。そんで、その人には言ってやった?」がさついた小声に謎《なぞ》めいた語気を含ませて、肝心なところへ話を持っていく。

「備品付きの部屋だもの」ミセス・パーディは毛皮張りのような喉声を押し出した。

「いろんなもんがくっついてるわよ。わざわざ言やしなかったけどさ」

「それでいいのよ。あたしら部屋を貸して生きてるんだから、ねえ。パーディさん、やっぱり商売人だわ。だってさあ、ベッドで死なれちゃって自殺だったなんてこと言ったら、なかなか借り手がつかないもの」

「そうだよね、こっちにも生活ってもんがあるからね」ミセス・パーディは言った。

「そう、そう、まったくだわ。ちょうど一週間になるよね、あの三階の、奥の、始末をつけるのに、あたしも手伝ったけど。きれいな子だったよね。あんな娘がガス自殺だなんてさ――かわいらしい顔してたじゃないの、ねえ、パーディさん」

「たしかに美人と言ってもおかしくなかった」ミセス・パーディは相槌《あいづち》半分にいくらかの疑義を呈した。「左の眉に黒子があるのが惜しかったね。じゃ、ほら、もう一杯飲んでよ」

マジソン・スクエアのアラビアンナイト

A Madison Square Arabian Night

カーソン・チャーマーズは、マジソン・スクエアに程近い建物に居を構えている。この家に勤めるフィリップスが、主人に届いた郵便を持ってきた。いつもの手紙類のほかに、今夜は外国からの封書が二通あって、どちらも消印は同じだった。

一通には、ある女の写真が同封されていた。もう一通はひどく長々しい手紙であって、これにチャーマーズはしばらく夢中になって目を落としていた。差出人は写真とは別の女である。その文面たるや、毒のある棘《とげ》だらけになっていて、さらに甘い蜜《みつ》にどっぷり浸してから、よからぬ噂《うわさ》という無数の羽根をくっつけたようなものだった。その悪意の先には写真の女がいる。

チャーマーズはこの手紙をさんざんに引き裂いて、敷物の上を行ったり来たり歩きだした。高価な敷物がすり減りそうな勢いだ。密林の猛獣を檻《おり》に入れると、このように歩く。疑念という密林に囚《とら》われた人間もそうなる。

ほどなく、この焦燥感に我慢をきかせた。いま踏んでいる敷物は魔法の絨毯《じゅうたん》ではないのだ。歩いて十六フィートの移動はできるが、これに乗って三千マイルを飛ぶほど

の役には立たない
　フィリップスが現れた。いつの間に来たのやら、この男は潤滑油を差したランプの精のように、するりと現れる。

「お食事はどうなさいますか？　ご自宅で、それともお出かけで？」

「うちで食う。三十分後だ」チャーマーズは陰りのある顔で風の音を聞いていた。人通りのなくなった道を一月の寒風が吹き抜けて、風神が長大なトロンボーンを吹くように街路を鳴らしている。

「あ、待て」消えようとするランプの精に、彼は言った。「さっき帰ってこようとしてスクエアの一辺を歩いていたら、大勢が何列にもならんでいた。一段高いところでしゃべってるやつもいた。どういうつもりであんなことをしてるんだ？」

「宿無しでございますよ」フィリップスは言った。「箱の上に立ってるやつは、今夜の宿を世話してやろうとしています。しばらく説教めいたことを言って、聴きに来た人からなにがしかの金を集めます。その金でまかなえるだけの人数に宿をあてがってやりますんで、順番待ちの列ができてます。早い者勝ちで今夜の塒《ねぐら》にありつけるというわけで」

「食事の支度ができるまでに、そういうのを一人連れてきてくれ。ここで相伴させよう」

「だ、だだ、誰を——」フィリップスが勤務中に言葉を詰まらせたのは初めてのことだ。

「適当に見繕えばいい。あんまり酔ってなくて、薄汚くもないような、そんなところでよかろう」

カーソン・チャーマーズは、王様ごっこをするような男ではない。しかし今夜の憂《ゆう》鬱《うつ》な気分には、あたりまえの解《げ》毒剤《どくざい》では効き目がない。とんでもなく酔狂な、異国風味の濃いものでもなければ、憂《う》さ晴らしになりそうもなかった。

それから三十分後、もうフィリップスはランプの精にも似た働きを見せていた。下のレストランからウエーターを動員して、なかなか上等なディナーをふわりと運び上げたのだ。用意された二人分の食卓に、ピンク色のシェードのついたキャンドルが楽しげな光を投げている。

ここにフィリップスが客人を通した。枢機卿《すうききよう》をご案内したのか、盗《ぬす》っ人《と》を引っ立てたのか、何だかよくわからない要領で、無料宿泊のお情けにすがろうと寒空にふるえていた男を攫《さら》ってきた。

人生に難破した男、というのが決まり文句であるだろう。さらに船にたとえれば、火事に遭って見捨てられた船とでも言えばよい。いまなお漂流する船体に燃え残りの火がちらついているようだ。顔と手は洗わされたと見える。そんな習慣はとうに破棄されていたのだろうが、そこまでの略式を今夜はフィリップスが許さなかった。キャンドルの光に立つ男は、さすがに一人だけ場違いで、室内の格調に傷をつけている。その顔色は病んだように白いが、ほとんど目だけを残して広がる無精髭《ぶしょうひげ》は赤犬の毛皮のような色を帯びていた。薄茶色の髪は、フィリップスがあてた櫛《くし》の言うことを聞かなかったらしい。長年の癖がついて、ぐしゃぐしゃに乱れたまま、かぶりっ放しの帽子の形状に固まっていた。目の表情はというと、追いつめられた野良犬《のらいぬ》のように、最後まで油断ならない抵抗の色が浮いている。くたびれた上着の喉元《のどもと》までボタンをかけているが、一応はシャツの襟《えり》らしきものを四分の一インチばかりのぞかせていた。丸形のダイニングテーブルをはさんでチャーマーズが椅子《いす》から立っても、男には気後れする様子が見えなかった。

「もしよろしければ」と、この家の主人が言う。「食事にお付き合い願えませんか」

「名前はプルーマーと申しますよ」大道から拾われた客が言った。突っかかるような口ぶりにも聞こえる。「もし私だったら、食事の相手の名前くらい知りたかろうと思いましてね」

「これはどうも、いま申し上げるところでした」チャーマーズはあわてて続きを言った。「チャーマーズといいます。では、お掛けください」

尾羽打ち枯らしたプルーマーが、いくらか膝《ひざ》を曲げて、フィリップスが椅子を押し出す時間をとった。給仕つきの食事は初めてではないらしい。フィリップスは、まずアンチョビとオリーヴの前菜を出した。

「結構！」プルーマーは遠慮のない声を出した。「コース料理ですな？ ご機嫌うるわしいバグダッドの太守に召し出されたようだ。では私めはシェエラザードになって、食後の爪楊枝《つまようじ》にいたるまで、時間たっぷりお相手をいたしましょう。霜に凍える身の上となって以来、これほど東方の君主たる風格の仁《じん》に会ったことはない。これは幸運！ なにしろ行列の四十三番目だったのですからな。そうと数えたところへ、お使いが来て、晩餐《ばんさん》のお招きにあずかった。はたして今夜は寝床を得られたかどうか、その確率は私が次期大統領になるくらいなものでしたよ。それでは私の悲しい物語をお耳に入れるとして、いかがいたしましょうな――料理が来るたびに一章ずつ、あるいは葉巻とコーヒーになってから一挙に全篇を？」

「こういう場面は、初めてではなさそうだね」チャーマーズは笑みを浮かべた。

「はい、預言者のあごの髭に誓って申しましょう――よくあることです。バグダッドにいる蚤《のみ》の数と同じくらい、ニューヨークには廉価版《れんかばん》のハルン・アル・ラシッド様がおられますよ。私だって、もう二十回にもなりますかな、頭に食事を突きつけられて話を出せと言われました。何にせよ、ただで分けていただけるなんていうことは、このニューヨークではありません。おもしろがる精神と、施しをする精神は、同じ文字を組み替えたようなもの。たいていは現金で十セントに、チャプスイを食わせる、なんていうくらいですが、たまには王様気取りで調子に乗る方もいて、上等のサーロインをいただけたりいたします。ただ、いずれにしても、たっぷりと絞りとられましてね、いかなる人生であったかということを、脚注と、付録と、未刊の断簡零墨まで追加して、わが生涯の記として言わされるのです。もちろん、そのへんは心得ておりまして、この地下鉄の上にそびえるバグダッドの都で、うまいこと御馳《ごち》になれそうだと思えば、アスファルトの地面に三度も頭をつけて、物語を紡《つむ》ぎ出す準備をして、夕食にありつこうといたします。子供唄《こどもうた》じゃありませんが、昔のトミー・タッカーみたいに、いい喉を聞かせて、その見返りに飲み食いさせてもらえるという、あれなんか私の先祖じゃないかと思いますよ」

「いやいや、むりやり語らせようというのではない」チャーマーズは言った。「打ち明けて言えば、ただの気紛《きまぐ》れを起こして、知らない人を食事に呼んでみたくなっただけのこと。あれこれ聞き出そうという魂胆ではないから、心配はご無用に」

「ありゃりゃ！」客人はスープに旺盛《おうせい》な食欲を向けながら声を上げた。「こちらは全然かまわないのですよ。東洋の雑誌みたいなやつが来たと思ってください。赤い表紙がついて、まだ誰にも読まれていませんが、殿下のお出ましとあらば、すぐに開いてご覧に入れましょう。いえ、われら寝床行列の面々には、組合の協定価格みたいなものがありましてね。どうして落ちぶれたかと知りたがる方が尽きないので、たとえばサンドイッチとビール一杯であれば、酒のせいでこうなりましたと申し上げる。コンビーフとキャベツ、コーヒー一杯であれば、血も涙もない大家に追い立てられ、半年の入院のあとで職もなく、なんていう話にいたします。サーロインステーキで一夜の宿があるとしたら、ウォール街の暴落で破産し、それからは落ちるばかりで、なんていう筋書きにいたしましょう。ですが、こういう食卓に行き当たったことはありませんので、どういう物語がふさわしいのか困りますな。では、こうしましょう、チャーマーズさん、もしお聞きくださるなら、この際、ほんとうの話をいたしますよ。この実話は、作り話よりも信じがたいかもしれませんが」

それから一時間後、アラビアンナイトめかした客人は、ふうっと満足の息を洩《も》らしつつ、ゆったりと椅子の背にもたれて、そこへフィリップスがコーヒーと葉巻を持ってきてテーブルの上を片付けた。

「シェラード・プルーマーという名前を、お聞きになったことは？」と言う客の顔に、不思議な笑みが浮かんだ。

「どこかで聞いたような」チャーマーズは言った。「たしか画家でしたね。つい何年か前には、かなりの評判だったはず」

「五年前ですよ。その後は、鉛の塊のように、ずぶずぶと沈みました。それが私です。ある肖像画を二千ドルで売ったのを最後に、たとえ画料をとらなくても、私に頼みたいという人はいなくなりました」

「どんな不都合があったんです？」チャーマーズは聞かずにはいられない。

「おかしなことで」プルーマーは陰に籠《こ》もった声で言う。「私にもよくわかりません。しばらくの間は、ぷかぷか浮いて泳ぎまわっていたのですよ。上流社会に出入りして、右からも左からも依頼が舞い込んで、いまを時めく画家であると新聞にも書かれました。それから、おかしなことが出始めたのです。一枚仕上げるたびに、わざわざ見に来る人がいて、声をひそめ、怪訝《けげん》そうな目を交わしている。

すぐに原因はわかりました。私が肖像を描くと、モデル本人の内部に隠れた特徴が、その顔に出るらしいのです。どうしてそうなったのか、私は見たままに描いただけなのに、ちっとも商売になりません。ひどく怒った依頼主が、こんなのは自分ではないと言い出す始末です。さる社交界の令夫人で、美人の誉れ高い方の肖像を描きましたときは、出来上がった絵を見たご主人が、何やら訳ありめいた表情を浮かべ、翌週には離婚の訴訟を始めたとか。

高名な銀行家を描いたこともあります。まだ私のアトリエに掛けてあった絵を、お知り合いだという方がご覧になって、何てこった、この人は本当にこう見えるのかとおっしゃいます。そっくりに仕上がったと思いますよと申し上げたら、こんな表情が目に出ているとは知らなかった、すぐ町へ行って口座を変えないといかんと言うなり、すっ飛んで行かれました。でも、すでに預金は消えていて、かの銀行家も雲隠れだったそうです。

そうこうするうちに、さっぱり仕事がなくなりました。人に見せられない卑《いや》しさを、絵として見せられたくはないでしょう。にっこり笑って愛想よくしていれば、人をだませるかもしれません。しかし絵になった顔では、そうはいかない。もう注文が来なくなったので、絵はあきらめるしかありません。しばらくは新聞に挿絵を描いたり、リトグラフに手を出したりもしましたが、やはり結果は同じでした。写真をもとに絵を描いても、写真には見えていなかった特徴、表情が出てしまう。いや、実際には元の写真にもあったはずだと思いますがね。客は文句を言いますよ。とくに女の客はやかましい。どうしたって仕事は長続きいたしません。もう嫌気が差すばかりで、酒にすがって癒《い》やされようといたしました。そうなれば落ちるのに手間はかかりません。ほどなく寝床の行列にならびましたし、飲み食いさせてもらえる相場によって口から出まかせの貧乏物語をしゃべり散らしておりました。さて、こんな実話はご退屈ですかな？　お望みとあらば調子を変えてウォール街の悲劇にいたしますが、そっちは涙ながらに語らざるを得ません。こんなに結構な食事をいただいたあとでは、なかなか涙を絞り出すのは大変で」

「いや、いや」チャーマーズは熱くなっていた。「じつにおもしろい。ところで、どんな絵にも不愉快な特徴が出てしまったのですかな？　それとも絵によっては、その特異な画風の被害に遭わなかったこともありましょうか」

「絵によって？　もちろんです」プルーマーは言った。「だいたい子供の絵はそうでした。女性もかなり。男性だっていないわけじゃない。人間、おしなべて悪いものではありませんのでね。まともな人なら、まともな絵になったのです。ただ、説明はつかないと申し上げたとおりなので、いまは事実をお話ししているだけですが」

書き物机の上には、外国郵便で届いた写真があった。十分後にはプルーマーが仕事をさせられていた。この写真からパステル画を描くのである。一時間たって画家は立ち上がり、疲れた身体《からだ》を伸ばした。

「できましたよ」と言って、あくびをする。「案外、時間がかかってしまいました。つい熱が入りましてね。へとへとです。きのうは寝床を逃しましたから。では、私めはそろそろお暇《いとま》するといたしましょう」

チャーマーズは入口まで送っていって、プルーマーの手に紙幣を何枚かすべらせた。

「おお、ありがたくいただきます。これもみな運命。食事もおおいに結構でした。今夜は羽布団《はねぶとん》に寝て、バグダッドの夢でも見るとしましょう、朝になったら、じつは夢だった、ということでなければよいのですが。それでは、これにて御前《ごぜん》を下がります」

チャーマーズは、またしても敷物の上をせわしなく歩きだした。しかし、パステル画のあるテーブルには、なるべく近づかないように動いている。二度、三度と、絵を間近に見ようとしたのだが、できなかった。いくらか灰色や金色の混じった茶系の色合いはわかるのだが、こわさが壁になって、ある距離から先には踏み込んでいけなかった。椅子に坐《すわ》って心を静めようとする。それから急に立ち上がり、ベルを鳴らしてフィリップスを呼んだ。

「この建物に、若い画家がいたな——たしかラインマンという名前で——どの部屋かわかるか？」

「最上階、正面側です」

「ここへ来てもらえるように頼んでくれ。たいしてお手間はとらせませんと言うんだ」

まもなくラインマンが来た。チャーマーズが名乗る。

「じつは、ラインマンさん、そこのテーブルにパステル画の小品があります。これを作品としてどのように鑑定されるか、ご意見をうかがえないでしょうか」

若い画家はテーブルの前に進んで、スケッチを手にとった。チャーマーズは椅子の背に寄りかかるように、半ば顔をそむけていた。

「いかが——でしょう、か？」ゆっくりと言葉にする。

「この絵でしたら」と画家は言った。「どれだけ誉《ほ》めても足りませんね。名人の作です。迫真の出来映えでしょう。どうしたことなのかとも思いますよ。もう何年も、これほどのパステル画は見ていません」

「その顔は——モデルの顔、元になった顔は——どう見えていますか？」

「これですか」ラインマンは言った。「この顔は、神が遣わす天使の顔でしょうね。

どなたなのか――」

「妻です！」と叫んだチャーマーズが、くるりと向き直って、面食らった画家に飛びかからんばかりに、その手を握り、背中をたたいた。「いまヨーロッパを旅行中なのですよ。では、これを原画として、あなたの生涯の大作というべき絵にしていただきたい。値付けはおまかせあれ。悪いようにはしません」

都会の敗北

The Defeat of the City

田舎を出たロバート・ウォームズリーは、都会と嚙《か》みつき合うような闘争に入った。そして、ついに勝ちを収めて財産と名声を得た。だが一方では都会に吞《の》み込まれたのだとも言える。都会は彼が欲しがるだけのものを譲ったが、彼に都会の烙印《らくいん》を押したのでもあった。彼を都会の流儀によって改造し、整形し、切削し、型通りに打ち出した。社交界の門は開かれ、その中に囲い込まれた彼は、手入れの行き届いた草を食《は》む高級な反芻《はんすう》動物の群れに混じった。ここでの服装、習慣、作法、また狭い社会の気質や仲間根性が身について、すっかりニューヨークに染まった。かわいらしく傲慢《ごうまん》で、小癪《こしゃく》なほどに完成して、ざっかけないのが洒落《しゃれ》ていて、ずっこけ気味で倒れない。だから偉そうなのに憎めない、というマンハッタン紳士になっていた。

さる州北部の郡では、大都会で出世した若手の弁護士を指して、あれは地元の産だと自慢げに語るようになった。ところが六年前には、ここの住民はハックルベリーの実で黒ずんだ歯にくわえていた麦わらを抜き出しては、田舎っぽい嘲笑《ちょうしょう》を発したものである。あのウォームズリーの馬鹿《ばか》息子、そばかすだらけのボブのやつが出て行った。

馬一頭の小さな農家とはいえ、ここにいれば三度の食事にありつけるだろうに、むやみに騒々しい都会に出たって、ランチカウンターで手っ取り早く食えるかどうかも怪しいものだ。ところが六年たって、いまでは殺人事件の裁判も、馬車の旅行も、自動車事故も、舞踏会も、ロバート・ウォームズリーの名前が出なければ完結しなかった。街を歩けば仕立屋が寄ってきて、ぴんと張ったズボンの裁ち方から新しいヒントを得ようとした。移民のような名前でクラブの会員になった者も、昔からの家系で裁判所に呼び出される者も、彼の背中をぽんと叩《たた》いて、気軽にボブという通称を名乗らせていた。

しかし、成功の坂を上がっていたロバート・ウォームズリーが、マッターホルンの山頂にまで達したと言えるのは、アリシア・ヴァン・デア・プールとの結婚を待たねばならない。ここでマッターホルンを引き合いに出すのは、この女性が高く、涼しく、白く、また近づきがたい良家の娘だったからだ。社交界のアルプス山脈には、彼女のほかに連なる山々もあったのだが——そして征服したがる登山家がひしめいて、それぞれに寒風吹きすさぶ山道をたどったのだが——どの山も彼女の膝《ひざ》くらいの高さしかなかった。彼女は一人だけ異なる大気中にそびえていた。澄みきって、汚《けが》れを知らず、気位が高い。泉に足を入れず、猿を飼わず、犬を育てて品評会に出すこともしない。

なにしろヴァン・デア・プール家の娘である。泉の水は彼女を楽しますために流れ、猿が先祖であるのは他家の話であって、犬は目の見えない人の伴侶《はんりょ》となるか、パイプを吹かすいけすかない人間の仲間として創《つく》られたと思って育っていた。

ロバート・ウォームズリーは、それだけの登頂を果たしていた。かのバイロン卿《きょう》の詩のように、もし高峰に達すれば、その頂上は雲と雪に包まれていることを知るのかもしれない。だが彼は霜焼けになったことを平然と隠して、にこやかな外面を保っていた。スパルタの少年の故事を真似《まね》していたと言ってもよい。少年は狐《きつね》に腹を嚙まれて我慢したが、彼の場合には、アイスクリーム製造機を衣服の下に忍ばせて心臓あたりを冷やされたようなものだった。それでも自分では幸運な男だと思っていたのである。

新婚の夫婦が短い海外旅行から戻ると、それまで貯水池のように静まっていた（何事もなく冷ややかで陽射《ひざ》しに暖まることのない）社交界に、はっきりと波が立つことになった。ありし日の栄華が崩れかけた墓地のような街区に、赤レンガの邸宅が古代の霊堂のように建っている。その家に客を招くようになったのだ。ロバート・ウォームズリーは妻とした女が誇らしかった。だが片手で客と握手をしながら、反対の手には登山杖《とざんづえ》と寒暖計を握りしめてもいたのである。

ある日、アリシアは夫の母から来た手紙を見つけた。あまり教養のある文面ではない。収穫のこと、息子への気遣い、農場のあれこれ。豚やら赤い子牛やらの健康状態を書いて、ロバートの健康状態を知りたがる。故郷の土から直送された手紙だ。蜜蜂《みつばち》の生活記録、蕪《かぶ》の物語、産みたて卵の讃歌《さんか》、また親としてはさびしいこと、乾燥リンゴの出来が悪いこと。

「どうしていままで手紙を見せてもらえなかったの？」アリシアは言った。その声には、いつも連想させるものがある。たとえば柄のついた眼鏡、ティファニーでの取引、ドーソンからフォーティマイルへの雪原を突っ走る橇《そり》、祖母の時代のシャンデリアに下がっていたガラスの飾りが揺れる音、修道院の屋根の雪、保釈はまかりならんと言う巡査部長。「あなたのお母さんは――」アリシアの話が続いた。「農場へいらっしゃいと言ってるわね。わたし、農場って見たことないのよ。ねえ、ロバート、一週間か二週間、行ってみましょうよ」

「じゃあ、行くとしよう」ロバートは、裁判長の意見に同意する判事のように、重々しく言った。「きみが行きたがらないのではないかと思って言わなかっただけだ。その気になってくれるならありがたいよ」

「わたしから手紙を書いておく」アリシアは期待感をにじませた。「すぐフェリースに荷造りさせるとして、トランクが七つもあればいいわね。お母さんは、あんまり自宅でパーティーをするようなことはないんでしょう？」

ロバートは起立し、田舎側の弁護士としてトランク七個のうち六個への反対意見を述べた。農家の暮らしとはいかなるものか明快な叙述と解説を提示している。だが言っている当人の耳にも違和感が響いた。どれだけ都会人になりきって生きているのか、自分でもわかっていなかった。

それから一週間後、この二人が小さな田舎の駅に着いた。都会からは五時間の旅である。ラバに馬車を引かせてきた若者が、笑った顔になって、えらく大きな声で、無遠慮な軽口をたたきながら出迎えの挨拶《あいさつ》をした。

「よう、ウォームズリーの旦那《だんな》じゃねえか。やっと帰ってきたんだな。自動車のお迎えが来ればいいんだろうが、あいにくと親父《おやじ》が十エーカーのクローバー畑を耕すのに使っちまってるんだ。馭者《ぎょしゃ》も着替えずに来たが勘弁してくれよな。まだ六時にもなっちゃいないんで――」

「しばらくだな、トム」と言うロバートが弟の手を握った。「やっと帰ってきたよ。そう言われればその通りだ。この前に来てから二年を越えたか。これからは、もっと来ることにしよう」

アリシアは薄手のモスリンの服を着て、レースのついたパラソルを揺らしながら、夏だというのに北極の幽霊のように涼しげに、北欧の雪娘のように白くなって、駅舎から姿を現した。するとトムはあたふたと落ち着きをなくして、ろくに口もきけずに目の機能だけがジーンズに収まったようになり、家に帰るまでの道では心に思うことをラバにしか言えなかった。

馬車で家路をたどると、よく実った麦畑に、夕日が黄金色の光を惜しみなく振りまいていた。ここまで来れば都会は遠い。行く道は森や谷や山をめぐって、夏がうっかり衣装から落としたリボンのように曲がりくねる。風は太陽神の馬車のあとを追って小馬が鳴くように吹いている。

ほどなく農場に近づいて、あたりを取り巻く木立から、くすんだ家屋が見えてきた。街道から家までは長い小道が続いて、クルミの木がずらりと隊列を組んでいる。野バラの匂《にお》いがした。しっとり涼しげな河床の柳の息遣いまでわかるようだ。そして一斉に唱和してロバート・ウォームズリーの魂に歌いかける大地の声があった。薄暗い山道を抜けて響き、乾いた草から鳴いて、川の浅瀬にせせらいで、日暮れの草地に牧羊神の笛のように吹き渡り、高く飛ぶ虫を追うヨタカの声も重なって、のんびりした伴奏をつけるのは牛の首に下がる鈴——というような音のすべてが、「やっと帰ってきたんだね」と言っていた。

なつかしい土地の声が語りかけてくる。葉が、芽が、花が、気楽だった若き日の言葉で話していた——命のないはずのもの、いつも見ていた石や柵《さく》、また門、畝《うね》のついた地面、屋根、曲がる道、そんなものまでが語る力を持って、変容を促そうとしていた。田舎の土地が笑いかけ、その息吹《いぶき》を感じた彼の心は、もう瞬時に昔の恋に引き戻されていた。都会は遠い。

こうしてロバート・ウォームズリーをとらえて離さなくなった田園への回帰には、おかしな現象が伴うことに彼は気づいた。ならんで坐《すわ》っているアリシアが、いきなり知らない女のように思えたのだ。いま生じている逆転において彼女は部外者だ。こんなに疎遠《そえん》で、無色で、高尚な女だと思ったことはなかった。およそ実在感がない。それなのに、いまほど彼女への憧《あこが》れを抱いたこともなかった。おんぼろ馬車に揺られて隣に坐りながら、マッターホルンが農家のキャベツ畑とは無縁であるように、いまの彼の気分や状況とは調和することがない。そんな彼女を仰ぎ見たのだった。

その夜、すでに挨拶を交わし、夕食を終えてから、駄犬のバフもまじえた一家全員が正面のポーチに顔をそろえた。アリシアは午後のお茶会にでも出るような薄いグレーのドレスを着て、むやみに取り澄ましているのではないが、さりとて口をきくこともなく、目立たないように坐っていた。ロバートの母親は、おかまいなしにママレードや腰痛《ようつう》のことを語ってうれしそうだった。トムは階段の上に腰かけ、その最下段に妹のミリーとパムが陣取ってホタルをつかまえようとしている。母親は柳細工の揺り椅子《いす》に坐った。父親の大きな肘掛《ひじか》け椅子は、その肘掛けが片方なくなっている。犬はポーチの真ん中にべったりと居坐って、おおいに人間の邪魔になっていた。そればかりではない。目には見えないが暗くなると出てくる妖精《ようせい》どもが、こっそり忍びよってロバートの心に刺さる記憶の矢をさかんに射かけたのだ。田園への熱愛が魂に浸透した。都会は遠い。

父親はパイプを持たずに、重いブーツをはいた足をもぞもぞ動かしていた。礼儀のつもりで堅苦しい痩《や》せ我慢をしている。ロバートは「かまうもんか」と声をかけ、パイプを持ってきて火をつけてやった。さらに親父のブーツをつかんで脱がせたのだが、あとから引っ張ったほうが予想外にすぽんと抜けて、ワシントン・スクエア在住のロバート・ウォームズリー氏がうしろ向きにポーチから転げ落ち、巻き添えを食った犬もわんわん吠《ほ》えながら彼に折り重なって落ちた。トムが大笑いしてからかった。

ロバートは上着とベストを脱いで、ライラックの茂みに放り投げた。

「こいつめ、生意気な、かかってきやがれ」とトムに言う。「草の上にひっくり返してやる。さっき都会の気障《きざ》なやつとか何とか言ったろう。さあ、来い、遠慮するなよ」

そう言われたトムは喜んで趣旨に賛同した。マット界の大男のように「サイドホールド」の組み手になって、草の上で三度のレスリングが行なわれた。トムが二敗を喫し、著名な弁護士の手によって草にまみれている。だらしない格好になって、はあはあ息をついて、どちらも技量を自慢して譲らず、兄弟がどたどたとポーチに上がった。ここでミリーが都会人になった兄について小憎らしい感想を述べた。するとロバートは即座にキリギリスをつかまえて、妹をこわがらせた。きゃあっと叫んだミリーが小道を走って逃げ、よく似た兄が懲《こ》らしめようと追いかける。四分の一マイルほど行ってから、二人で戻ってきた。都会から帰った兄貴が得意になって、妹をしきりに謝らせていた。もう田園の熱狂は押しとどめられない。

「もっさりした田舎者が束になってかかって来ても負かされやしないぜ」すっかり調子に乗って、「ブルドッグでも、作男でも、丸太転がしでも連れてきやがれ」

草の上に手をついて何度も転回してみせる兄に、またトムが羨《うらや》ましそうに冷やかした。さらに兄は喚声を上げて飛んで行き、昔から雇われている老いぼれ黒人のアンクル・アイクにバンジョーを持たせて連れ出した。ポーチに砂をまいてから、民謡に合わせたり、足を踏み鳴らしたりして、かれこれ三十分は踊っている。信じがたい馬鹿騒ぎで羽目を外した。唄《うた》を歌って、一人を除いてみんな大笑いするような話をして、おもしろおかしく田舎者の真似をした。もはや常軌を逸している。昔の暮らしが血の中に復活して荒れ狂っていた。

いくら何でもやり過ぎだということで、一度は母親がやんわりと口を出してたしなめようとした。アリシアも何か言いだすかに見えたが、結局、黙っているままで、じっと動かずに坐りとおした。ほっそりした白い妖精が暗がりでおとなしくしている。これに問いかけたり、その心を読んだりということは、なかなかできるものではなかった。

ほどなく彼女は部屋に上がった。きょうは疲れたので失礼します、ということだった。歩きだしてロバートの前を通った。ドアをふさぐような位置に立っていたのだ。茶番の役者のように見えた。髪が乱れて、顔が赤くなって、着ているものが許しがたくだらけていた。きれいさっぱりしたロバート・ウォームズリーではない。クラブで人望があり、上流社会を飾っている人物は、影も形もなくなった。いまは適当な日用品を使って手品の芸を披露している。もう家族一同すっかり彼に傾倒して、たいしたものだと思いながら見ていた。

アリシアが室内へ行こうとすると、ロバートがはたと気づいた。この妻がいたことを、うっかり忘れてしまっていた。そして妻は彼に目を向けることもなく二階へ上がった。

いささか興醒《きょうざ》めになった。さらに一時間ほどは雑談をしていたが、それでロバートも部屋に上がった。

彼女は窓辺に立っていた。ポーチでの服装のまま着替えていない。窓の外には大きなリンゴの木が目の前に迫って、満開の花をつけていた。

ロバートは溜息《ためいき》をついて窓に近づいた。運命と向き合う覚悟はある。所詮《しょせん》は田舎の出だと自白したようなものだ。じっと動かない白っぽい姿を見ていると、聞かずとも判決は知れていると思った。ヴァン・デア・プール家の人間なら厳密な線引きをするだろう。彼は低い土地でどたばた跳ねている人間だ。純粋な、寒冷な、白雪の溶けないマッターホルンの山頂からは、ただ眉《まゆ》をひそめて見下ろされる存在だ。さっきまでの行動で、化けの皮がはがれてしまった。都会で仕込んだ上品な体裁は、田舎の風が吹いたとたんに、身体《からだ》に合わない外套《がいとう》のように脱げていた。ぼんやりした頭になって、彼は宣告が下されるのを待った。

「ロバート」冷静沈着な判事の声がした。「わたし、紳士と結婚したつもりだった」

そら、来るものが来た。だが、そうとわかっていながら、ロバート・ウォームズリーは一本の枝をじっと見ていた。この窓から這《は》い出してリンゴの木の枝に乗っかったものだ。いまだってできそうな気がする。花の数はどれだけあるのだろう。一千万にもなるのか。だが、また話しかける声がする。

「――紳士と結婚したつもりだったのよ」その声が言っている。「だけど――」どうしてこんなに近づいて、くっついて立っているのだろう?

「だけど、わたしが結婚したのは――」これはアリシアが言っているのか。「――もっとすてきな――ただの人だった。ね、キスしてよ、ボブ」

都会は遠い。

荒野の王子さま

A Chaparral Prince

やっと九時になった。きょう一日の重労働が終わって、レーナは自室に上がった。石切場の宿舎では三階にあたる屋根裏に、レーナの居場所がある。夜明けから仕事が始まって、一人前の女の働きをした。ごしごしと床をこすって掃除して、硬くて重い陶器の皿やカップを洗い、いくつもの寝床を整え、いくら運んでも足りない薪と水を運んで、荒くれた憂鬱《ゆううつ》な宿舎の需要に応じる。

もう石切場の騒音はやんでいた。発破やドリルの音も、大きなクレーンがきしむ音も、監督の怒鳴り声も、平たい貨車を移動させて大きな石灰岩を搬出する音も聞こえない。宿舎の下の階では、三、四人の作業員が管理室に集まって、いまごろチェッカー盤で遊びながら、太い声を放って下卑《げび》た口をきいている。シチューの肉、焼けた脂《あぶら》、安いコーヒーの匂《にお》いが、重苦しい濃霧のように宿舎にまとわりついていた。

レーナは小さくなったロウソクに火を灯《とも》し、ぐったりと木の椅子《いす》に坐《すわ》った。十一歳。痩《や》せた低栄養の娘である。背中も手足も痛かった。だが大きいのは心の痛み。ずっと小さな肩にかかる重荷に耐えてきたが、ついに我慢の限界を超えていた。もうグリムの本を読めなくされた。それまでは毎晩、どれだけ疲れていても、あの本があれば心の安らぎになり、まだ望みをつないでいられた。いつかは王子さまか妖精《ようせい》がやって来て、こんな悪い魔法の国から救い出してくれる。そんなことをグリムがささやくので、読むたびに元気が出て強くなれた。

どの物語を読んでも、自分の境遇と似たところがあるように思った。木樵《きこり》の子が道に迷う、女の子がガチョウの番をさせられる、継子《ままこ》いじめをされる、魔法使いの小屋に閉じ込められる——そんなすべてがレーナのことを言っているのは見え見えだ。そのレーナは石切場の作業員宿舎でこき使われている。いつだってお話の中では、もうだめだ、ひどすぎる、という場面になると、やさしき妖精、勇ましい王子が助けに来てくれた。

というわけで、こんな鬼の城にいて、魔法の力で逃げられずに働かされているレーナは、グリムだけを頼みの綱に、最後には善の力が勝つことを願って待ち続けた。ところが前の晩、ミセス・マローニーが本を見つけて取り上げてしまった。下働きの分際で夜に本を読むとは何事か、ちゃんと寝ないと次の日にてきぱき働けない、という理屈だった。まだ十一歳で母親から離れて、遊び時間も皆無である。それでグリムを奪われたのでは、どうやって生きていられるか。そういう身の上になってみるがいい。

どれだけ大変なことかわかるだろう。

レーナの実家はテキサスにあった。ペダナレス川が流れる山がちな一帯の、フレデリクスバーグという小さな町である。住民はドイツ系ばかりだ。日が暮れれば歩道にテーブルを出して、ビールを飲み、トランプでピノクルやスカートをする。安上がりな暮らしだった。

とりわけ始末屋だったのがペーター・ヒルデスミュラー、すなわちレーナの父である。だから小さな娘を三十マイルも離れた石切場の宿舎へ働きに出した。レーナは週に三ドルの給金をもらう。これを父親が貯《たくわ》えに加算して抱え込む。このペーターという男には、隣に住むフーゴー・ヘッフェルバウアーくらいの金持ちになるという野望があった。フーゴーは三フィートの長さがある海泡石《メアシャム》パイプから煙を上げて、毎日の夕食に子牛のカツレツと兎《うさぎ》のシチューを食っている。小さいとはいえレーナの年になれば、富の蓄積のために家計を助けることはできる、ということなのだが、十一歳で鬼の城へ送られて重労働を課されるのがどんなものか、まあ考えればわかるだろう。鬼どもが牛や羊をむさぼる食事の世話に駆けまわり、おっかない声を出す鬼が大きな靴をどかどか踏み鳴らして石灰岩の粉を散らすから、小さな手に痛い思いをさせて掃いたり拭《ふ》いたりしている。しかもグリムまで奪われてしまった!

レーナは、もともと缶詰コーンが入っていた古い空き箱の蓋《ふた》を開けて、紙を一枚と、ちびた鉛筆を取り出した。母に手紙を書こうとしている。これをバリンジャーさんの家から発送してくれるのがトミー・ライアンだ。十七歳。石切場で働いているが、バリンジャーさんの家に寝泊まりしている。そのトミーが、レーナの部屋の窓の下で、手紙が投げ落とされるのを待っていてくれるのだ。こうでもしなければフレデリクスバーグの町まで手紙を出すことができなかった。ミセス・マローニーはレーナが手紙を出すことを心良く思わない。

もうロウソクの火に勢いがないので、レーナは急いで鉛筆の軸を囓《かじ》って芯《しん》を出し、こんな手紙を書いた。

大好きなママへ――

すごく会いたいです。グレーテル、クラウス、ハインリヒ、小さなアドルフにも。わたしはくたくたです。会いたいです。きょうはミセス・マローニーにひっぱたかれて、夕食をもらえませんでした。薪を運んでたら手が痛くなって、思うように運べなかったです。きのうは本を取り上げられました。レオ叔父さんにもらった『グリム童話集』です。わたしが本を読んだって、誰の迷惑にもなってません。いくら頑張っても、することが多いです。毎晩少しずつ読んでました。これからどうするかママにだけは言います。もう帰れるように、あした迎えを出してください。そうでないと川の深いところへ行って身投げします。いけないことだとわかってます。でもママに会いたいのに会えなくて、ほかに誰もいないんです。くたくたです。トミーが手紙を待ってます。ごめんなさい、ママ。許してください。

ママを愛する娘レーナより

手紙が結ばれるまで、トミーは実直に待ってくれた。窓から落とした手紙をトミーが拾って、急な山道を上がっていくのを、レーナは見ていた。それから着ている服のままで、ロウソクを吹き消し、床に敷いたマットレスの上で縮こまった。

十時半。バリンジャー老人が靴も履かずに家を出た。パイプの煙をくゆらせながら門にもたれて街道を見やる。月明かりに道が白く映えていた。老人は靴下だけの爪先《つまさき》をもう一方の足のくるぶしに擦《こす》りつけた。そろそろフレデリクスバーグ行きの郵便馬車がやって来る時間だ。

ほんの数分待っただけで、老人は元気のよい蹄《ひづめ》の音を聞いた。フリッツが二頭ならべて走らせる小型の黒いラバだ。まもなくバネつきの幌馬車《ほろばしゃ》が門前に姿を現した。フリッツの大きな眼鏡がきらりと月光に輝いて、とんでもなく大きな地声が郵便局でもあるバリンジャー家の老人に挨拶《あいさつ》をした。それから声の主である配送人が飛び降りて、ラバの轡《くつわ》をはずしてやった。ここに立ち寄るついでに、オート麦を食わせることにしている。

フリッツ・ベルクマンという男には気になるものが三つあった——いや、正確には四つかもしれない。二頭のラバは個別に数えてやってもよいだろう。ラバこそが人生の関心事であり楽しみである。その次に来るのがドイツ皇帝とレーナ・ヒルデスミュラーだ。

「ちょっと聞くが」出発の前にフリッツは言った。「ここの郵便袋に、フラウ・ヒルデスミュラーへの手紙は入ってないか。石切場へ行ったレーナから母親宛《あ》てだ。前回の袋には、もう身体《からだ》をこわしそうだっていう手紙があった。また次の消息がないかと母親がやきもきしてる」

「あったよ」バリンジャー老人は言った。「そのヒルたら何たらいう人への手紙が一通。トミー・ライアンが持ってきよった。まだ細《こま》っかい娘が働きに出されてるんだろう？」

「ああ、宿舎だ」フリッツは手綱を持ち上げながら地声を張った。「年は十一。大きさで言やあフランクフルトソーセージと変わらないよ。けしからんのはペーター・ヒルデスミュラーなんていう握り屋だ――そのうちに、あの石頭、太《ふと》え棍棒《こんぼう》でぶったたいて、町の中でも外でも追いまわしてやる。たぶん今度の手紙には、いくらか良くなってますなんて書いてあるんだろう。母親が喜ぶだろうからな。じゃあこれで、アウフ・ヴィーダーゼーン、ヘル・バリンガー。いつまでも夜気に当たってると、その足から風邪引くよ」

「じゃあな、フリッツィ」と老人は言った。「おめえも夜寒の道中で、ご苦労なこった」

黒い小型のラバが快調な足取りで街道を行き、ときおりフリッツが大きな声で優しく楽しく語りかけていた。

こんな空想の対話にひたりながら八マイルほども行って、大きなポストオークの森にさしかかった。するとフリッツの心の思いを吹き飛ばして、やにわに起こる拳銃《けんじゅう》の光と音。すわインディアンの総攻撃かと思うような鬨《とき》の声も上がった。怪しげな人馬が跳ねて郵便車を取り囲む。その一人が馬車の前輪に覆《おお》いかぶさる態勢から馭者《ぎょしゃ》に銃口を突きつけ、止まれと命じた。ほかにも何名か、二頭のラバすなわちドンダーとブリッツェンの手綱につかみかかる。

「何だこら」フリッツが持ち前の大声を張り上げた。「なにしやがる。らばに手ぇだすな。あめりか合衆国のゆうびんだぞ！」

「ぐずぐずするんじゃねえ」引きずるような陰気な声が響いた。「このドイツ人め、いま襲われてるのもわからねえか。方向転換して、おまえは降りろ」

さて、フレデリクスバーグ行きの郵便を襲ったこと自体が、この一味の戦果なのではない。ホンド・ビルという男はたいした大泥棒だったのだと言っておく。ライオンが自身の力量にふさわしい獲物をねらうとして、たまたま途中にいた兎を気紛《きまぐ》れに踏んづけることもあるだろう。ホンド・ビルを頭目とする連中も、フリッツが走らせる平和な郵便馬車に、面白半分でちょっかいを出しただけだった。

悪事におよんだ夜の騎行は、もう主たる目的を終えていた。フリッツと郵便袋、二頭のラバは、本業に奮闘したあとの軽い気晴らしのようなものである。ここから二十マイルほど南東の地点に、列車が止まったままになっていた。機関車は損壊し、乗客は半狂乱で、貨物便の車両は中身をごっそり奪われていた。ホンド・ビルの一党が本気になってかかるのは、そういう仕事である。紙幣と銀貨をしこたま稼いだ盗賊は、人目を避けて西へ迂回《うかい》し、どこか渡れそうな浅瀬でリオグランデ川を越えて、メキシコ領へ逃げてしまおうと考えていた。大収穫のおかげで、さすがの荒くれ集団がすっかり上機嫌になり、ふざけてみたいような気分でもあった。

フリッツは口惜《くや》しさに身体をふるわせつつ、ただならぬ身の危険をも感じて、はずれた眼鏡を掛け直すと、馬車から地面に降りた。すでに強盗団も馬を降り、お祭り騒ぎで浮かれていたのは、愉快な無法生活を満喫してのことだろう。このときラバの鼻先に立っていたのが、ガラガラ蛇のロジャーズという男だ。いささか乱暴にドンダーの手綱を引っ張った。このラバは口が敏感にできている。前足を上げて、痛いじゃないかと言いたげに鼻を鳴らした。するとフリッツも怒声を発し、巨漢のロジャーズに飛びかかって、意表を突かれた悪党をぽかぽかと殴りつけた。

「このやろ、でけえ図体《ずうたい》しやがって」フリッツの大声が響いた。「このラバは、口が痛えんだ。盗《ぬす》っ人《と》め――てめえなんかぶん殴って、頭でも肩でもぶっ飛ばしてやる！」

「うひゃひゃ」ガラガラ蛇が首をすくめて大笑いした。「おい、誰か、この塩キャベツをどかしてくれ」

フリッツのうしろから上着の裾《すそ》をつかんで引き離すやつがいて、ガラガラ蛇の騒々しい発言が森に轟《とどろ》いた。

「こいつ、ウィンナソーセージのくせに」と怒鳴り散らすのだが、まんざら悪い気ではなさそうだ。「このドイツ人、案外いいところがあるぜ。ラバかわいさに突っかかってきやがった。ラバでも何でも、馬を大事にするのはいいもんだ。チーズくせえやつが、おれに喧嘩《けんか》を売るんだからな。ようし、ラバ公、もう痛くしねえから安心しろ」

副将格のベン・ムーディという男が一味の知恵袋として、さらなる獲物に目星をつけるのでなかったら、郵便袋は手出しをされずに終わったことだろう。

「お頭——」と、ホンド・ビルに声をかけた。「いくつか郵便の袋があるんだが、めっけもんかもしれねえ。フレデリクスバーグあたりのドイツ人とは馬の取引をしたことがあるんで、あいつらの遣《や》り口は知ってるんだ。あの町へ行く郵便には、なかなかの大金が混じってる。銀行に手数料を払いたくねえもんだから、千ドルくらい紙に包んで平気で送っちまう」

ホンド・ビルは、身長が六フィート二インチ、おだやかな声を出して、性急に動く。ムーディの話が終わらないうちに、もう馬車の後部から郵便袋を引きずり出していた。その手にナイフがきらりと光り、目の粗い袋の生地をざっくり切り裂く音がした。無法者が群がって、手紙や小包をびりびり開封しながら、差出人をからかう与太を飛ばしていたのだが、今回は差出人がベン・ムーディの見込みに逆らおうと結託したようで、フレデリクスバーグへ行く郵便からは一ドルも出てこなかった。

「まったく情けねえ野郎だな」ホンド・ビルが配送人に向けて重々しい声音を発した。「くだらねえ紙屑《かみくず》ばかり運んでやがる。どういうつもりなんだ。ドイツ人てのは、どこに金を隠す」

バリンジャーの家から来た袋も、ホンドのナイフを受けて繭《まゆ》のように裂けた。わずかな手紙しか入っていない。フリッツは緊張の極限でぴりぴりしていたが、この袋に手を出されてレーナの手紙を思い出し、それだけは勘弁してくれと頭目に頼み込んだ。

「そうかい、ありがとうよ」ホンドは動揺する配送人に言った。「語るに落ちたぜ。そいつが金の出所になるのか。これだな。おい、照らしてみろ」

ホンドは見つけた手紙を開けた。宛名はヒルデスミュラー夫人となっている。配下の盗賊が、のたくって折れ曲がる文字を少しずつ照らしていった。ホンドはむっつり黙って見ていた。たった一枚の紙に、とんがった筆跡のドイツ語がずらずら続いている。

「こら、どういう仕掛けでだまそうってんだ。こいつが金目の手紙なのか。せっかく行きがかりで配送の手間を減らしてやろうとしてるのに、卑怯《ひきょう》な手を使うんじゃねえ」

込んでいた。


「きっと中国の字だ」サンディ・グランディという男が、ホンドのうしろからのぞき込んでいた。

「ばか言え」また別の男が言った。絹のスカーフ、ニッケル鍍金《めっき》の銃を好んで、派手に目を引く若者だ。「これは速記だぜ。裁判所で書いてるのを見た」

「いや、ちがう、ちがう――それ、ドイツ語」フリッツは言った。「娘っ子が母親に書こうとした、それだけのこと。かわいそうな子だ。働きに出されて、ひでえ目にあって、ふらふらだ。ひでえ話なんだよ。なあ、泥棒の旦那《だんな》、頼むから、それだけは返してくれ」

「おまえ、おれたちを何だと思っていやがる」ホンドは打って変わって手厳しく迫った。「なめてもらっちゃ困るぜ。こんな紳士の仲間を見損なってやしねえか。小せえ娘が弱ってるのを黙って見過ごすような悪党とは人間の出来が違うんだ。じゃあ、おまえが読んで聞かせろ。がりがり引っ掻《か》いたみてえな文字を、おれたち教養人の団体に向けて、アメリカ合衆国の言語で読んでみろ」

ホンドは引金ガードに指をかけて六連発を回しながら、小柄なドイツ人に覆いかぶさるように立っていた。フリッツはすぐに手紙を読み始めた。わかりやすい単語ばかりの文面を英語に置き換えていく。じっと耳をすませる盗賊団は、ぴたりと押し黙っていた。

「いくつなんだ、その子は」聞き終えてからホンドが言った。

「十一歳」

「どこにいる」

「石切場で――下働きだよ。ああ、なんてこった――レーナが、身投げするなんて言ってる。ほんとかどうか知らないけど、ほんとにそうなったら、ペーター・ヒルデスミュラー、おれの手でうちころしてやる」

「まったくドイツ人てのは」ホンド・ビルの声に、あきれ返った気配が湧《わ》き出ていた。「つくづくいやになるぜ。砂場でお人形さん遊びでもさせときゃいいような子供を、働きに出すのか。とんでもねえやつらだ。さあて、ひとつ懲《こ》らしめてやるか。目に物見せてくれよう。おい、野郎ども！」

ホンド・ビルは仲間内でごそごそ相談して、手短な作戦会議とした。それから手下の者がフリッツを街道脇《かいどうわき》に連れ出し、手持ちのロープで立木に縛りつけた。二頭のラバも、そのへんの木につながれている。

「おまえを痛めつけようってんじゃねえ」ホンドは安心させるように言った。「しばらく動けなくたって、さほどの害はあるめえ。じゃあな、そろそろ行かなきゃならねえんで、おさらばするぜ。じたばたしたって始まらねえ。おとなしく観念してろ」

この一党が馬にまたがり鞍《くら》をきしませる音を、フリッツは聞いた。大きな叫びが一声上がって、馬の蹄が地響きを立て、フレデリクスバーグとは逆方向に突っ走っていった。

フリッツは二時間以上も坐った姿勢で木に寄りかかって、きつく縛られていたのだが、あまり痛いとは思わなかった。そして、さっきまでの大冒険の反動が来て、つい眠りこけてしまった。どれだけ眠ったのかわからない。激しく揺さぶられて目が覚めた。手が何本も出てきてロープを解いている。ふわっと浮いて立たされ、頭がくらくらしてわけがわからず、身体はぐったり疲れていた。目をこすってよく見ると、またしてもさっきの盗賊団に取り巻かれている。そいつらに馭者台へ押し上げられ、手綱を持たされた。

「そら、さっさと帰れ」ホンド・ビルの声が命令した。「えらく手間をかけさせやがって、もう喜んで見送ってやるぜ。おい、ドイツ人、とっとと失《う》せろ！」

ホンドは手を伸ばして、ブリッツェンを鞭《むち》でぴしりと打った。

小さな二頭のラバが、また動けるようになったのを喜んで、ぱかぱか駆け出した。ラバを急《せ》き立てるフリッツ自身は、もう目が回りそうで、いままでの恐ろしい冒険が何だったのか、頭の中がごちゃごちゃになっていた。

本来ならば夜明けに着く予定だったのに、フレデリクスバーグの長い街路を走ったのは午前十一時のことだった。郵便局へ行くには、まずペーター・ヒルデスミュラーの家を通過する。そこでラバを止めて門内へ声をかけた。するとヒルデスミュラーの女房が、いまかいまかと待っていた。どっと一家が走り出る。

太って赤ら顔の女房がレーナからの手紙はあるかと知りたがるので、フリッツはしっかりと声を出して、事の次第を語って聞かせた。盗賊に読まされた手紙の内容を伝えると、女房はおいおい泣きだした。あの子が身投げをする！ どうして働きに出したりしたんだろう。どうしたらいいんだろう。いまから呼び戻そうとしても手遅れかもしれない。するとペーター・ヒルデスミュラーは、持っていた海泡石パイプを取り落とし、これが路上で砕けた。

「女ってやつは！」と女房に当たり散らす。「なんで出て行かせたりした。もし帰ってこないことになったら、おまえのせいだ」

もちろん悪いのはペーター本人だと決まっているので、まともに耳を貸されるような議論ではなかった。

ところが一瞬ののちに、まったく意外な声が、そっと小さく「ママ！」と呼びかけていた。とっさに女房はレーナの亡霊が呼んでいると思ったが、すぐに幌をかけた郵便馬車のうしろに飛びついて、うれしい悲鳴を上げながら、生きているレーナをつかまえて、小さな白い顔にキスを浴びせかけ、この娘が息詰まるほどに抱きしめた。レーナは疲れきって深々と眠っていたあとで、まだ瞼《まぶた》が重かったのだが、ずっと会いたかった母親に笑いかけてすり寄った。いままで郵便の袋に埋もれ、なぜか夜具にくるまって寝ていたのが、まわりに人の声がして目覚めたのだった。

　フリッツは眼鏡の奥の目を真ん丸にしてレーナを見つめた。

「こりゃ何てこったい！」つい大きな声になる。「どうして乗ってた？　おれ、どうかしてるのかな。この頭がいかれるのか、また盗賊につかまって今度こそ縛り首にされるのか」

「あんた、この子を連れてきてくれたんだね」ヒルデスミュラーの女房が叫んだ。

「お礼の言いようもないよ」

　そして娘には、「どうやってフリッツの馬車に乗ったの？」

「わかんない」レーナは言った。「でも宿舎を出たのはわかる。王子さまに連れ出されたの」

「いかん、どうかしちまった！」フリッツの大声が響いた。「みんな一斉にいかれてるぞ」

「いつか来てくれると思ってた」レーナは道に置いた寝具に坐り込んだ。「きのうの夜、王子さまが騎士を引き連れて、鬼の城を占領しちゃった。お皿は割るし、ドアは蹴破《けやぶ》るし、マローニーさんなんか天水桶《てんすいおけ》に放り込まれて、奥さんだって小麦粉だらけにされてた。石切場の人たちは、騎士が銃をぱんぱん撃ったら、窓から飛び出して森へ逃げてった。あたしだって寝てられなくて階段の下をのぞいたの。そしたら王子さまが上がってきて、あたしを毛布にくるんで運び出した。大きくて、強くて、いい人だった。顔はお掃除ブラシみたいにざらざらして、しゃべり方はやさしくて、お酒の匂いがした。抱っこされたまま馬に乗って、騎士団が出発したの。しっかり押さえてくれたから、あたし寝込んじゃって、また目が覚めたら、うちに着いてた」

「そんなばかな！」フリッツ・ベルクマンが喚《わめ》いた。「お伽話《とぎばなし》じゃないか！　石切場からおれの馬車まで、どうやって来られたんだ？」

「だから王子さまに連れられて」レーナは自信たっぷりに言ってのけた。

その後、今日にいたるまで、フレデリクスバーグの善良なる人々は、これ以外の説明をレーナから聞き出すことができていない。

紫のドレス

The Purple Dress

ここでは紫という色について考えよう。およそ世の人々に評判のよい色であって、それも故《ゆえ》なきことではない。帝王が帝位にふさわしい色として求めたがる。どこの人々も、この赤と青が混ざってできる穏やかな色に、顔を寄せてみたくなる。王侯貴族のことを「紫に生まれついた」などと言うが、たしかに間違いではない。急な差し込みでも起こして苦しくなれば、ご尊顔だって紫に染まるのだ。ちっとも鼻筋の通らない木樵《きこり》の小倅《こせがれ》の顔とも同じこと。女はみな紫が大好きだ——もし紫が流行《はや》っているならば。

さて、いま紫が流行っている。街を行く人に紫が目立つ。もちろん、ほかにも洒落《しゃれ》た色はあって、このあいだ私が見かけた美人は、オリーヴグリーンの薄手の織物を仕立てた服を着て、スカートの裾《すそ》につけた三重のフラウンスの間にシルク地をはさみ、ふんわりと肩掛けを羽織った胸元には襞《ひだ》を寄せたヴェストを見せて、袖《そで》は肩先で二つのパフがふくらみ、袖口にギャザーをつけた二重のフリルをレースのリボンで留めていたのだが——まあ、紫を見ることは多い。そう、まったく多い。いつなりと午後の二十三丁目を歩けばわかるはずだ。

というわけでメイダが――大きな茶色の瞳《ひとみ》とシナモン色の髪をして〈ビーハイヴ・ストア〉に勤めているメイダが、いまグレースに――人造ダイヤのブローチをつけて、しゃべる口にはペパーミントペプシンのガムが香るグレースに言った。「あたし、紫のドレスを着るの。一着注文して感謝祭に着ようと思ってる」

「あら、そうなの」グレースは7・½インチの手袋を6・¾用の箱に突っ込んだ。「あたしは赤ね。五番街では赤が勝ってるわよ。男の目には赤が好まれるみたい」

「なんたって紫よ」メイダは言った。「シュレーゲルさんが八ドルで作ってくれるって言ったし。かわいい服になるわ。プリーツのスカートに、ブラウスコート。白地の襟《えり》の下側に細いレース模様の帯があって、その襟には二列に――」

「また、かわいい子ぶって!」グレースは心得たようにウィンクしてみせた。

「――飾りのモールがついて、白いヴェストは前身頃を斜めに合わせるようになってて、あとはプリーツのあるボディスに――」

「はい、はい、かわいい子ちゃんだわ」

「やっぱりプリーツのある袖が大きくふくらんで、ビロードのリボンで袖口を絞るんだけど、あんた、いま何が言いたいの?」

ら、あんたが紫を気に入ると思ってるでしょ。でも、きのう言ってたわよ。暗めの赤がすごくいいと思うんだって」

「そんなの関係ない」メイダは言った。「あたしは紫が好き。そうでない人とは、もう付き合ってられない」

ここまでくると、紫の信奉者には、いくらか幻想癖があると考えてもよかろう。若い娘が肌の色も人の意見も無視して紫を着たがると、そろそろ危ない兆候だ。帝王が紫衣は永続すると思いたがると、それもまた危ないことになる。

メイダは、八カ月の倹約生活のおかげで、貯金が十八ドルになっていた。これで材料費を賄《まかな》って、シュレーゲルには四ドルの内金を払って、紫のドレスができることになった。まだ残った四ドルは感謝祭の前日には払えるはずだ。そうすれば新しいドレスで休日を迎えられる。こんなに心を奪われることが地上にあるだろうか。

〈ビーハイヴ・ストア〉では、社主のバックマン老人が、毎年、全従業員に感謝祭のディナーを振る舞う。それから三六四日は、日曜日だけを例外として、毎日、いかに前回のディナーが楽しかったか、これからも同様でありたい、ということを言い聞かせ、もって社員の精勤を促そうとする。このディナーは店内の一室で中央の長いテーブルを使って行なわれた。表通り側の窓には包装紙を貼《は》って目隠しをする。街角のレストランで調達する七面鳥その他の料理が裏口から運び込まれる。もうおわかりと思うが〈ビーハイヴ〉は時代の先端を行くデパートではない。だからエスカレーターはなく、ポンパドールの髪をした客も来ない。せいぜい大店《おおだな》とでも言いたくなるくらいの規模である。入っていって客あしらいをされて出てくる、というような店だ。そして毎年の感謝祭にはラムジー氏が――

いや、これはしたり！　まずラムジー氏のことを言わねばならなかった。この人物こそ、紫や、緑や、クランベリーソースの赤い色よりも、よほどに大事なのだ。

ラムジー氏は売場の主任をしている。筆者はこの男に肩入れしてやりたい。店内の暗がりで女店員とすれ違っても、その腕をつねったりはしない。仕事に合間ができると、劇作家も顔負けに笑い話を披露する。まずまず紳士と言ってよろしいが、一風変わったところもあって、健康については独自の説を曲げない。身体《からだ》にいいものを食べてはいけないと思っている。快適にすごすのはけしからんという主義だ。たとえ吹雪《ふぶき》でも屋内に逃げ込まない。防水靴ははかない。薬は呑《の》まない。とにかく自分を甘やかさない。

女店員は十人いる。その十人が十人とも、毎晩ポークチョップとフライドオニオンが出る夢の中で、ラムジー夫人になっている。なにしろ来年にはバックマン老人が彼を経営のパートナーにするつもりなのだ。そして、もし結婚できたら、まだウェディングケーキを消化しきれないうちから、おかしな健康趣味は全部まとめて吹っ飛ばしてやるのだと、どの女も思っていた。

このラムジー氏が、ディナーでは司会の役を務める。いつもイタリア人の二人組が呼ばれてバイオリンとハープを奏《かな》でるので、ちょっとした店内ダンスパーティの趣になっていた。

そんなわけで、このラムジー氏の心をつかむべく、二着のドレスが構想されていた。すなわち紫と赤。このほかにも八人の女店員がいて、それぞれにドレスを新調することは確かだが、そっちは勘定に入らない。どうせシャツウェストに黒のスカートのようなものだろう。紫や赤ほど豪華にはなれない。

グレースにも貯金はあった。だが既製服を買うつもりだ。仕立屋に注文するなんて面倒くさい。体型さえよければ、ぴったり合うはずで――既製品は理想の体型を想定してできていて――あたしの場合は、いつもウエストを詰めることになるけども――標準体型って、けっこうウエストがあるんだわ……。

いよいよ感謝祭の前の晩。あすは素晴らしい日になると思って、きらきら輝くような心地のメイダは、大急ぎで帰宅した。考えることは紫色だが、真っ白だと言ってもよい。いかにも若い人らしく、うまくいかなければ死んでしまうと思うような、うれしい期待感に燃えている。きっと紫は似合ってくれる。それにラムジーさんが好きなのは赤ではなくて紫だ。そうやって、もう千度も自分に言い聞かせた。とりあえず帰ってから、薄紙に包んでドレッサーの一番下の引き出しに入れてある四ドルを出して、シュレーゲルの店へ残金の払いに行って、ドレスを持ち帰ろうと思っている。

グレースも同じ建物に住んでいた。すぐ上の階の、廊下の突き当たりの手狭な部屋だ。

メイダが帰ると、大騒ぎになっていた。大家の声がメイダの部屋にまでやかましく聞こえる。この女が、バターミルクの攪拌器《かくはんき》が口をきいたらこんなだろうという声を出して、酸味たっぷりの嫌味をはね散らかしているようだ。するとグレースが駆けてきた。泣きはらした目が、どんな赤いドレスよりも赤くなっている。

「すぐに立ち退《の》けって、あの意地悪ばばあが、そう言うのよ。家賃の払いが遅れたからだって。あと四ドルなの。まったく、ひとのトランクを勝手に廊下に出して、ドアをロックするんだもの。いま、あたし、ほかに行くとこがなくて、一セントの持ち合わせもないいんだわ」

「きのうは、いくらか持ってたじゃないの」メイダは言った。

「ドレス代に払っちゃった。家賃は来週まで待ってもらえると思ったんで」しくしく、ひいひい、しくしく。

だから出した。こうなると出さないわけにはいかない。メイダの四ドル。

「うわあ、なんていい人なの」グレースは夕暮れの空が虹色《にじいろ》に変わったような声を上げた。「これを意地悪婆《ばあ》さんにたたきつけてやるわ。そうしたら新しいドレスを着てみよっと。そりゃもう、すてきなのよ。ね、ちょっと見に来ない？　このお金は少しずつ返すわ、週に一ドル、きっと返すからね」

感謝祭。

ディナーは正午の予定だった。その十五分前に、グレースがひょいとメイダの部屋へ立ち寄った。そう、きょうのグレースはかわいらしい。赤がよく似合う。メイダは窓辺に坐《すわ》っていた。目の粗い普段着のスカートに青のブラウスを着て、繕いものを――いや、楽しい手芸をしていた。

「あら、やだ、何やってるの。まだ支度してないんだ」赤の娘が甲走った声を上げた。「ね、この背中のほう、ちゃんと合ってるかしら。ビロードの飾りタブも、ばっちり決まってる？　どうしてメイダは支度してないの？」

「仕立てが間に合わなくて」メイダは言った。「あたし、きょうは行かない」

「そんな、残念すぎるわよ。何でもいいから着替えて行けばいいじゃない。どうせ店の人ばっかりなんだしさ、どうってことないって」

「でも、紫にこだわりがあったの。あれを着られないなら行かないわ。あたしはいいから気にしないで。もう行かないと遅れるわよ。すてきな赤じゃないの」

長かった午前中、それから店でディナーが行なわれている時間も、メイダは窓辺に坐ったきりだった。ディナーの様子が心に浮かぶ。きゃっきゃと笑って、鳥の叉骨《さこつ》を引っ張りっこする声が聞こえるようだ。バックマン老人はわかりにくい深遠な冗談を言って一人で大笑いする。この日だけ店に来る太ったバックマン夫人がダイヤモンドを光らせる。ラムジーさんは機敏に動いて、みんなが楽しんでいるか気を配る。

午後四時に、表情も生気もなくなったメイダが、ゆっくりとシュレーゲルの店に行って、四ドルの残金を払えなくなったと言った。

「何だそりゃ！」シュレーゲルは訛《なま》りのある言葉で怒っていた。「そんな暗い顔するか？　持ってけ。できてる。払うのあとでいい。二年間見てたよ、あんた、毎日、店の前歩いていた。いつも服つくってばかりだと、だから人を見る目がなくなると、そんなこと思うか？　払えるようなったら払うのでいい。持ってけ。よくできてる。似合えばそれでいい。ほら。あとで払うのでいい」

やっと喘《あえ》ぐように吐き出した感謝の言葉で、心の中の百万分の一も言えたかどうか。メイダは大急ぎで店を出た。ぽつんと雨が落ちたが、笑った顔には何も感じなかった。

いや、馬車で買い物にお出ましのご婦人方には、まずわからないことだろう。いくらでも服を買ってもらえるお嬢さま方も、到底おわかりにはなりますまい。感謝祭の日の冷たい雨粒を、なぜメイダは感じなかったのか。

五時。メイダは紫の服を着て街へ出た。だいぶ強まった雨が、吹き降りにメイダに落ちかかる。道行く人は家路を急いで、あるいは市電に乗ろうとして、傘を抱きしめるように持ち、レインコートにしっかりボタンをかけている。だが静かな美人に振り返る人も多かった。うれしそうな目をして紫のドレスを着た女が、こんな大雨だというのに、まるで夏空の下の庭園を散策するように悠然と歩いている。

おわかりにはならないだろうと申し上げた。もし財布がはちきれそうで、衣装はよりどりみどりであるならば、そんな皆様にはわからない。きれいなものを持ってみたいという憧《あこが》れを抱え続けるのがどんなものか——たとえば休日に紫のドレスを着たいだけで、八カ月も食うや食わずで我慢するのがどんなものか。その日が雨でも霰《あられ》でも、風が吹いても、雪が降っても、たとえサイクロンが来ようとも、だから何ほどのことがあるだろう。

メイダは傘を持たず、いつもの靴しか履いていなかった。ただ紫のドレスを着て、外を歩いていたのである。雨風がどんなに激しかろうと知ったことではない。飢えている心は、年に一度でも一かけらのパンが欲しいのだ。雨がメイダの手に流れ、指先から滴《したた》り落ちた。

ある街角で、曲がってくる人がいて、ぶつかりそうになった。見上げるとラムジーさんの目があった。きらきらした興味津々《しんしん》の目になっている。

「これは、ミス・メイダ、すごいじゃないか、新しい服がよく似合ってる。ディナーに来ないからがっかりしてたんだが、こんなにセンスのいい聡明《そうめい》な人だとは知らなかった。ひどい天候をものともせずに歩くのは、何よりも健康増進になるからね。いっしょに歩いてもいいかな？」

そしてメイダは顔を赤らめ、くしゃみをした。

新聞の物語

A Newspaper Story

午前八時には、まだジュセッピの新聞売場に置かれていた。輪転機を出たばかりのインクが生々しい。店番のジュセッピは、これも商売の知恵というもので、新聞は客が勝手に取るにまかせ、自分は街角の反対側でふらふら遊んでいた。つまり見ている鍋《なべ》はなかなか煮えないという理屈で、かえって放っておいたほうがよいのだろう。

この新聞は、昔からの方針として、教育、案内、監督、守護の役割を果たし、また家庭で役立つ便利帳にもなっている。

見どころの多い新聞だが、その例として三つの記事を挙げてもよかろう。まずは飾らない端正かつ明快な文章で書かれた父兄および教師向けの論説で、子供への体罰は容認できないとするもの。

二つ目には、名前の売れた労働運動のリーダーが、わざわざストを煽《あお》って世間を騒がそうとしているという非難と警告の論調がある。

三つ目では警察力について雄弁な論陣を張り、もし公益を保護し、これに奉仕する能力を高めるのであれば、あらゆる支援を惜しむべきではないと言う。

このように市民生活のあり方をめぐる重要項目について遠慮のない提言をする一方で、心の相談をするコラムもあり、今回は恋人がちっとも言うことをきいてくれないという若者の訴えに耳を貸して、女心の獲得法を指南していた。

さらにまた美容のページもあって、ぱっちりした目とバラ色の頬をした美人顔になるにはどうするかという若い女性の質問に、懇切丁寧に答えていた。

もう一つ気に留めておきたいのが、尋ね人の欄である。こんなことが書いてあった

――

ジャック――ごめんなさい、あなたの言うとおりです。本日八時半、マジソン街と××番街の交差点で待ちます。正午に発《た》ちましょう。　後悔した女より

さて、八時のことである。ある青年がジュセッピの新聞売場を通りかかった。やつれた顔をして、眠れなかった目をぎらつかせている。一セント玉を投じて、積み重なる新聞の上から一部をとった。寝つけない夜のあとで、うっかり寝過ごしてしまった。九時には出勤していなければならない。それまでの時間に、ともかく髭《ひげ》を剃《そ》り、コーヒーだけでも飲みたい。いつもの床屋に立ち寄って、また先を急いだ。新聞は昼食時

にでも読めばよいと思ってポケットに突っ込んだが、その次の街角で新品の手袋とともにポケットから落ちてしまった。三ブロックほど歩いてから、ようやく手袋がないと気づいたので、ぷんぷん口惜《くや》しがって引き返した。

さっき手袋と新聞を落とした街角に来たのが、ちょうど八時半だった。だが拾おうとしていたものに目が行かなかったのだからおもしろい。男がぎゅうっと握りしめていたのは小さな二つの手であって、見つめる先には後悔したらしい茶色の目があった。男の胸中は歓喜で収拾がつかなくなっている。

「ジャック」女が言った。「きっと時間どおりに来てくれると思ってた」

「どういうことだ」男は内心でいぶかりながらも、「いや、どうでもいい。これでいいんだ」と思っていた。

さあっと西風が吹いて、舗道に落ちていた新聞を巻き上げた。新聞は宙に舞って広がり、横丁にくるくる飛んでいった。その道を来たのが、ほっそりした大きな車輪のある馬車を赤っぽい馬に引かせる男だった。すなわち、心の相談コラムに投稿し、溜《ため》息《いき》をついて憧《あこが》れるしかない女の獲得法を教えられた若者だ。

いたずらな風が一吹きして、飛んでいる新聞をばさっと馬の顔にかぶせた。神経質な馬である。赤っぽい馬が赤い馬車と混ざり合った色彩の線を引いて、つつっと四ブロックほども延びていった。ここで一役買ったのが、そのあたりに立っていた消火栓。ぶつかるのは運命だ。馬車は大破してばらばらになり、アスファルトに投げ出された若者が静かに動かなくなっていたのは、さる茶色い石造りの邸宅の前だった。

出てきた人たちが、てきぱきと若者を運び入れた。その中にいた女が、若者の頭をそっと抱きかかえ、のぞき込む目を憚《はばか》ることなく、若者におおいかぶさるように言っていた。「そう、あなたなのよ。ずっとそうだったわ、ボビー。わかってくれなかったの？　あなたに死なれたら、わたしだって——」

だが、それはそれとして、この風の吹く道を進むとしよう。われらが新聞を追わねばならない。

交通妨害の危険分子として新聞を逮捕したのはオブライン巡査である。大きな手をゆっくり動かして、くしゃくしゃになった新聞を伸ばした。立っていた位置の間近に、シャンドン・ベルズ・カフェの通用口がある。巡査がよたよたと解読した見出しは、

「新聞各紙を先頭に、いまこそ警察の支援を」

いや待て、静かに！　いまカフェの通用口がわずかに開いて、その隙間《すきま》からダニーの声がする。バーテンの主任をしている男だ。「マイクの旦那《だんな》、ほら、ちょっと一杯」

大きく広げた好意的な新聞コラムの裏側から、オブライン巡査はすばやく本物の支

援を受け取っている。すっかり元気になって威力充分の巡査が、堂々と任務に戻っていく。新聞の編集長も、さぞご満悦ではなかろうか。こんなにも早く、精神を勢いづける支援が実を結んだ。これぞ筆力の賜物《たまもの》だ。

オブライン巡査は新聞をたたんでから、ふとした遊び心で、たまたま通りかかった少年の脇《わき》の下に突っ込んだ。この子はジョニーといって、そのまま新聞を持って家に帰った。少年には姉がいて名前はグラディス。どうにか届きそうな美人の基準を求めて、新聞の美容欄に質問した女である。もう何週間か前のことなので、これが採用されて解答が出ることはあきらめていた。グラディスは顔色が冴《さ》えず、鈍い目をして、ふさぎ込んだ表情が出ている。このときは飾り紐《ひも》を買いに大通りへ出ようと着替えていたのだが、ジョニーが新聞を持ってきたので紙面を二枚使ってスカートの内側にピンで留めた。こうすれば歩くとかさこそ音がして、衣擦《きぬず》れだけは本物のドレスとそっくりになる。

外に出たら、下の階に住むブラウン家の娘がいて立話になった。ブラウン家の娘が青くなって羨《うらや》ましげな顔をした。グラディスが立てる音は、一ヤード五ドルのシルクでもなければ出ない音だ。ブラウン家の娘はくやしまぎれの捨て台詞《ぜりふ》のようなことを言ってから、唇をぎゅっと閉じて去った。

グラディスは大通りへ向かった。その目は大粒のダイヤモンドのように輝いている。頬はバラ色に染まった。どことなく華やいで快哉《かいさい》を叫んでいるような顔に変わったのだ。もはや美人である。この顔を美容欄の編集者に見せてやりたい！　月並みな顔の好感度を上げるには、人にやさしくなれる心を涵養《かんよう》せよ、というようなことが解答欄には書いてあったのだろうと筆者は思う。

この新聞が手厳しい批判の矛先を向けた労働運動家は、姉弟の父親であった。娘がシルクの音で化粧をした分だけ紙面の減った新聞を手にしたが、その日に論説記事が触れることはなく、よくあるパズルの欄を見てしまった。うまく人を騙《だま》すように出題されて、愚者も賢者も等しく夢中にさせるものだ。

労働運動の闘士が紙面の半分を破り取って、テーブルに鉛筆と紙を用意し、その気になってパズルにへばりついた。

三時間後、いくら待っても予定の場所にリーダーが現れないので、穏健派が優勢となって調停に応じることを決め、危うい事態につながるストは回避された。新聞は色刷りで続報を出し、本紙は過激な意図には高らかに警鐘を鳴らしていたという結果論を書き立てた。

さて、だいぶ枚数が減った新聞だが、まだまだ出版物としての効力があると実証することになった。

学校から帰ったジョニーは、人目を避けて、こっそりと衣服の内側に隠していた紙面を抜き出した。教育上の叱責《しっせき》に際して攻撃の対象になりやすい部位を、あらかじめ補強しておいた高等戦術である。ジョニーは通学する私立校で先生との折り合いが悪い。前述のように、けさの新聞には体罰に反対する立派な論説コラムが出ていた。さっそく効果が出たらしい。

これだけのことがあって、なお報道の力に疑いをはさむ人はいるだろうか。

シャルルロワのルネサンス

The Renaissance at Charleroi

グランドモン・シャルルは、古いフランス系の生まれで、三十四歳。頭のてっぺんに禿《は》げがあり、貴公子然として品が良い。昼間は綿花ブローカーの営業所で事務員をしているので、ニューオーリンズの堤防に近い界隈《かいわい》へ行って、じっとり冷たいレンガを山と積んだような建物にいる。夜には昔からのフレンチ・クオーターにある備品付きアパートの三階に帰る。自分の部屋にいれば、由緒《ゆいしょ》正しきシャルル家の末裔《まつえい》として最後に残った男である。先祖はフランスの名家だった。ルイジアナの歴史が始まった華やかなりし時代に、にこやかな顔で、長剣を帯びて、宮廷人が下向するように渡来したのである。時代が下って、シャルル家はミシシッピ川流域の大農園で、昔よりは共和国の色彩に染まりながら、しかしなお王国のごとき典雅な生活に落ち着いていた。グランドモンもまたブラッセ侯爵《こうしゃく》と言えたのかもしれない。そういう爵位のある家系だった。しかし月々七十五ドルの経費で暮らす侯爵とは、何たる体たらくだ。これだって、まだましになったのかもしれないが——。

いままで給料から貯金を続けて、手持ちが六百ドルになった。これなら結婚資金として文句はないと言えるだろう。というわけで、このところ二年間は遠慮して黙っていた案件について、もう一度アデーレ・フォーキエ嬢の意志を問うべく、その父親の農園「ミード・ドール」に出向いて、この危険きわまりない発議におよんだのだった。いつもの答えが返った。これは十年前から変わらない。「まず弟を見つけてください、ムッシュ・シャルル」

だが今度ばかりは彼もすぐには引き下がらなかった。そんな無理難題が運命の分かれ道になるのでは、この長く続いた恋には、とうてい先の見込みがないと思ったのかもしれない。そもそも愛しているのかいないのか、ずばり聞かせてしまってくれと言っていた。

アデーレは、まるで隠しごとのなさそうな灰色の目の奥から、じっと見つめ返してきた。いくぶんか声の調子をやわらげた返事は――

「グランドモン、あなたの立場としては、私の言うことをきいてくれないかぎり、そういうことは言えないでしょう。弟のヴィクトルを生きて連れ戻すか、せめて死んだという証拠を見せてください」

これでもう五回も撥《は》ねつけられたことになるが、帰っていく彼の心はさほどに重くなっていなかった。愛していないとは言われなかった。いやはや熱き心という小舟は、どれだけ浅い水にも浮かんでいられるものなのか！　それとも——あくまで理屈にこだわるなら——二十四歳では一つしか考えが浮かばずとも、いま三十四歳ともなれば、だいぶ人生の高潮がおさまって、ものは考えようだと見えてくるのでもあろうか。

いまさらヴィクトル・フォーキエが見つかることはあるまい。彼が失踪《しっそう》した当初は、まだまだシャルル家にも資産があったので、若くして行方不明になった男をさがそうとグランドモンは平気で散財したものだ。ただ当時にあっても、あまり期待はできないと思っていた。ミシシッピ川は、たまに悪意からの気紛《きまぐ》れでも働かないと、その油まじりで混沌《こんとん》とした川水から遺体を返してもくれない。

グランドモンは、ヴィクトルが失踪した場面を、これまでに千度でも心の中で見返していただろう。そして、アデーレが求婚に応じず、いつまでも頑《かたく》なになって悲しき対案を突きつけてくるたびに、あの場面がなお鮮明に脳裏に蘇《よみがえ》るのだった。

ヴィクトルは一家の中で可愛《かわい》がられる存在だった。向こうっ気が強く、憎めなくて、無鉄砲だ。その若気の恋心に火をつけたのは、農園で監督をしている男の娘だった。

ヴィクトルは家族には悟らせることなく、ずるずると内密の関係を続けた。このままでは家庭内の痛みは避けられないと見てとったのがグランドモンで、どうにか未然に防ごうと策を講じた。ものを言うのは金である。それで地ならしができた。監督と娘は、日暮れから夜明けまでの間に、どこへともなく去っていった。これだけの手を打てばヴィクトルも正気に返るだろうと思ったグランドモンは、話して聞かせるつもりでミード・ドール農園に馬を走らせた。二人で連れ立って敷地を出て、道路を越え、堤防へ上がって、幅のある通路を歩きながら話をした。雷雲が垂れ込めて、空の様子は怪しいが、まだ雨は落ちてきていなかった。あえて恋路の邪魔をしたことを明かすと、ヴィクトルは怒り狂って暴れた。グランドモンは見かけの体型は頼りないが、鉄のような筋肉がついている。雨あられと降りそそぐ拳骨《げんこつ》をかわしながら、その手首をつかまえて、若者を反り返らせ、堤防の道に押し倒した。ほどなく怒りの突風が吹きやんで、ヴィクトルは立たせてもらえた。だが、とりあえず落ち着いたとしても、さっきまでは高の知れた暴発だったところに、いまは火薬が埋まったようになっている。農園の家屋のほうへ手をかざして、激しく言った。

「あんたら、ぐるになって、おれの幸せをぶち壊したんだろう。もう二度と顔を合わせることはないから、そう思え」

ヴィクトルはくるりと背を向け、一目散に堤防を駆け下りて闇《やみ》に消えた。グランドモンも追いかけていって、何度も呼びかけたのだが無駄だった。それから一時間以上もさがした。堤防の斜面で、ヴィクトルの名を叫びながら、木の下に生い茂る草や柳をかき分け、川縁まで下りた。何の返事もなかった。一度だけ、茶色く濁って走り抜ける川水から、ごぼごぼと上がる音があったような気もしたが、それだけのことだ。ざあっと豪雨が落ちてきたので、もう仕方なく、失意のまま濡《ぬ》れそぼって帰った。

グランドモンは、ヴィクトルが出て行ったことを知らせながらも、うまく取り繕って、失踪にいたる事情については言わずにおいた。いずれ怒りがおさまれば帰ってくると思いたかったのだ。ところが、あの捨て台詞《ぜりふ》のとおりで、まったく顔を見せることがないとわかってからでは、あの晩の出来事の説明を変えるのが難しくなっていた。若者が消えたこと、あのように消えたことは、よくわからない謎《なぞ》として残った。

そして、あの晩、グランドモンが気づいていたこともある。つまりアデーレの向けてくる目が、いつもとは違う奇妙な眼差《まなざ》しになっているように思えてならなかった。あれから何年たっても、その眼差しが去っていない。読みようのない表情だ。何を考えての目つきなのか、まるで明かされないままだった。

あの不幸な夜に、アデーレが農園の門にいたことを彼が知っていたら、どうなっていただろう。弟と恋人が何やらの話をしようとして、嵐《あらし》が来そうだというのに、わざわざ暗がりへ出て行った。どうしてなのかと思いつつ、その帰りを待とうとして門まで出ていたのだった。すぐに終わった闘争でヴィクトルが倒されていた瞬間に、ちょうど稲妻が走って、彼女の位置からでも見えてしまったのだと彼が知っていたならば、おそらく洗いざらい打ち明けて、それなら彼女も——

どうなったことか筆者にはわからない。だが一つだけ、はっきりしている。グランドモンの求婚に彼女が応じていないのは、ただ弟の失踪というだけではない蟠《わだかま》りがあったからだ。もう十年が経過したというのに、稲妻が光るだけの瞬時に見た光景が、彼女の脳裏にくっきりと刻み込まれていた。もちろん彼女は弟を愛していたのだが、いまでも謎への解答を求めているのだろうか。あるいは絶対の真実を求めていると言うべきか。たとえ抽象論でも女は真実を尊ぶものだ。一つでも嘘《うそ》があったら人生は嘘の重みに負けてしまう、という心情にとらわれた女もいるらしい。そこまでは筆者には何とも言えない。だが、もしグランドモンが彼女の足元にとりすがり、この手でヴィクトルを川の奥底へ追いやった、もう愛を嘘で汚しているのに耐えられない、とでも言って泣いたとしたら、はたして彼女は——さて、どうなったことだろう。

ともあれ純情な紳士たるグランドモン・シャルルは、アデーレの目つきが意味するものを察することがなく、またしても戦果なしに終わった表敬訪問から引き上げていった。名誉と恋はまったく目減りしていないが、希望は底を突きそうだ。

これが九月のことである。そして冬になって間もなく、グランドモンは大がかりな復興計画を思いついた。ルネサンスを起こすのだ。アデーレが色好《いろよ》い返事をしてくれないなら、いくら資金があっても仕方ない。そういうことであるならば、ちまちま稼いで貯《た》め込んでいる必要はないのだし、これまでの貯金を吐き出したってかまわない。ロイヤル・ストリートを徘徊《はいかい》して、てかてかに磨かれたカフェの小テーブルで赤ワインを飲みながら、何百本のシガレットを煙にしたことだろう。そうやって計画を練り上げ、ほどなく成案を得た。有り金残らずはたくことになるだろうが、やってみる価値はある。ほんの数時間とはいえ、シャルルロワにシャルル家が再興する。一月十九日。シャルル家にとっての大事な祭日を復活させ、しかるべき祝宴を執り行う。かつてシャルル家の先祖がフランス王の食卓に陪席したのも、ブラッセ侯爵アルマン・シャルルが彗星《すいせい》のごとくニューオーリンズに降り来たったのも、その日だった。母親の結婚記念日であり、グランドモンの誕生日でもある。物心ついてからシャルル家の崩壊にいたるまで、祭典、宴会、祝賀といえば、この日付と決まっていた。

その昔、シャルルロワと言えばシャルル家の農園だった。二十マイルほど下流にある。代々の金離れがよすぎたので借金の清算として人手に渡り、さらに持ち主が替わって黴《かび》だらけのような訴訟まみれになっている。相続のいざこざで係争中とやらで、シャルルロワの居館は、ずっしり静かな部屋に貴族めいた姿の先祖が出るという怪談を信じないかぎり、いまのところ空き家になっていた。

グランドモンは、裁定が出るまで鍵《かぎ》を預かっているという弁護士をさがしあてた。うまい具合に、昔のシャルル家を知る人だった。二、三日でよいので家を貸してもらいたいという話を、グランドモンは持ちかけた。なつかしき家に小人数の友人だけを招いて食事をしたい、それだけのことなのです――。

「だったら一週間どうぞ。何でしたら一カ月でも」と弁護士は言った。「貸すも借りるもありませんよ」ほうっと溜息《ためいき》をついて出てきた感想は、「あの家で、よくご馳走《ちそう》になったものでしてねえ」

カナル、チャーターズ、セントチャールズ、ロイヤルといった街路に店をかまえて、家具調度、陶磁器、銀器、装飾品などを商っている老舗《しにせ》に、物静かな若い男が足を運ぶようになった。頭のてっぺんに小さく禿げた箇所があって、きわめて上品な態度をとって、品物を見る目は玄人《くろうと》はだしで、ちゃんと必要なものを心得ていた。食堂、玄関、応接間、クロークの上等な備品一式を借り受けたい。荷造りをしたら船に乗せ、シャルルロワの船着き場まで運ぶこと。三日ないし四日で返却するが、破損、紛失等の場合には、すみやかに弁済をする、という話なのだった。

古くからの店であれば、グランドモンの顔を知っている。以前にはシャルル家との付き合いもあった。フランス系の出自を同じくして、おおいに意気に感じるという店もあった。しがない勤め人になった名家の裔《すえ》が、みごとに向こう見ずな壮図を抱いている。往年の栄光という炎を、ほんの束《つか》の間《ま》でも再燃させるために、やっと貯めた資金を焚《た》きつけの燃料にするというのだ。

「お好きなものをどうぞ。取り扱いには、ご注意くださいよ。損料は格安にしてますんでね。貸賃だって、たいしたご負担にはなりますまい」

次に行ったのはワインの店だ。ここでは元手の六百ドルから割かねばならない金額が痛かったが、ふたたび年代物から選べることだけは愉快至極だ。シャンペンの在庫を見ると、美女に誘われたように悩ましかったが、これは素通りせざるを得なかった。フランス人形の前に立って一セント玉を握りしめている子供のような心境だ。しかし、そのほかのワインは、趣味および懐《ふところ》具合と相談しながら選べた。シャブリ、モーゼル、シャトードール、ホッホハイマー、年数と銘柄のよさそうなポートワイン。

さて料理をどうしようと考えて、しばらく頭を悩ませたのだが、それならアンドレがいるではないかと思い出した。かつてはシャルル家の厨房《ちゅうぼう》をまかせていた。フレンチ・クレオール料理にかけては、ミシシッピ川の一帯でも右に出る者がない。まだ農園の近在にいるかもしれない。たしか弁護士に聞いた話では、係争中とは言いながら、当事者間の暫定《ざんてい》的な取り決めで農地の耕作は続いているらしい。

そう思って、次の日曜日には馬に乗り、シャルルロワまで行ってみた。でんと大きな屋敷は、その両端が直角に張り出してくる。雨戸も扉も閉めきって、いかにも閑散としていた。

庭の草木が、でたらめに伸び放題だ。通路にもポーチにも落葉がたまっている。横手の道に馬を向けて、雇い人の居住区へまわった。ちょうど教会から帰ってくる時間のようだ。よく目立つ黄色や赤や青の服を着て、ぞろぞろと呑気《のんき》そうに歩いている。見込んだとおり、まだアンドレがいた。癖のある短髪には白いものが増えたようだ。相変わらず大きな口をあいて、よく笑う。この男に計画の話をしてやると、昔の料理番としてのプライドをくすぐられて大喜びした。こうなったら、あとは食事ができたという合図を待つのみで、こっちで心配することはない。そう思ってグランドモンはほっと一息つきながら、アンドレの手にたっぷりと軍資金を分けあたえて、どう仕上げるかは白紙委任とした。

ほかにも昔のシャルル家で使われていた黒人が、それなりの数で残っていた。執事だったアブサロムがいて、もっと年下の何名か――給仕、調理、配膳《はいぜん》そのほか家内《と》の役目を果たしていた連中も、「旦那《だんな》さん」を見て寄ってきた。アブサロムは、助《すけ》っ人部隊の頭株になって抜かりなく宴席の世話をいたしましょうと請け合った。

こうして味方になってくれる者たちに、たっぷりと心付けを弾んでおいて、グランドモンは上機嫌で町へ引き返した。ほかにも支度として手を打つべきことはあったが、そんなことも済ませてお膳立ては整い、あとは招待状を出すというところまで漕《こ》ぎつけた。

川沿いに二十マイルくらいの範囲で、シャルル家と同じ時期に栄華の宴《うたげ》を催していた家が何軒かあった。世の中が変わる以前には、いずれも権門勢家として誇ったものだ。狭いながらに華麗なる世界であって、社交上の結びつきは密にして暖かく、どの家に行ってもめったにない歓待を受け、吟味した佳肴《かこう》がふんだんに供された。そういう親しき人々が――とグランドモンは考えた――たとえ二度目がなくても、この一度だけは、シャルルロワの祝祭日たる一月十九日に、その食卓に集うのだ。

グランドモンは招待状の印刷を発注した。思いきり奮発して美麗なものにしたのだが、一つだけ、せっかくの趣向に疑問符の付きかねない点がある。今度ばかりは古い家系に刹那《せつな》の輝きを取り戻そうとして、いわば帽子に羽根飾りを添えたのだ。まあ、ルネサンスの当日限定ということで大目に見てもよかろう。「シャルルロワのグランドモン・ドゥ・ピュイ・シャルル」と名乗りを上げた。この招待状を一月の初旬に出している。あまりに急な話だと思われたくはない。

そして十九日の午前八時。下りの蒸気船「リバー・ベル」が、しばらく使われていなかったシャルルロワの船着き場に、そろそろと接近した。渡り板が下ろされ、わっと集まった農園の働き手が、だいぶ傷《いた》んでいる桟橋を歩いて、おかしな取り合わせの船荷を続々と運び出した。何だかわからない大きな荷物だ。さまざまな形に梱包《こんぽう》され、布をかけてロープで縛られている。ヤシ、常緑の枝木、南国の花が、桶《おけ》やら壺《つぼ》やらに入れられている。テーブル、鏡、椅子《いす》、カウチ、カーペット、絵画など——いずれも輸送中の破損を防ぐように、ていねいな荷造りがされていた。

この現場にはグランドモン自身も来て、誰よりも忙しく動いていた。割れ物注意と大書した大型のバスケットがあって、これが無事に運ばれるように目を光らせる。その中身は、陶磁器、ガラス器なのである。こんなバスケットが一つでも荷崩れしたら、一年働いて貯金しても、まだ足りない。

すべての荷揚げを終えて、リバー・ベル号が岸を離れ、ふたたび下流への航路をとった。それから一時間足らずのうちに荷物は屋敷に運び込まれていた。出番となったアブサロムが指示を飛ばして、家具、什器《じゅうき》を置かせていった。人手は充分にあった。この日が特別なのは昔からシャルルロワでは当たり前のことだ。黒人たちは古い習慣を廃《すた》れさせていなかった。居住区にいる者が、ほとんど総出で手伝いに来ていた。子供までわんさか出ていて、庭の落葉を掃こうとしている。屋敷の奥の厨房では、アンドレが昔の貫禄《かんろく》を取り戻して、料理の助手や下働きを使いこなしていた。雨戸は開け放たれ、はたかれた埃《ほこり》が雲のように舞い上がって、人の声、いそがしい足音が屋敷に響く。若い当主が帰ってきて、シャルルロワが長い眠りから目覚めたのだ。

その晩、川向こうからせり上がって堤防の上に顔を出した満月は、その軌道から見下ろす下界に、長らく見えなくなっていたものを見た。古い農園の屋敷の窓という窓から、やわらかな魅惑の光がこぼれていたのだった。四十ほどの部屋数のうちで、室内の手入れをしたのは四部屋にすぎない。大広間、食堂、および来客の控え室として、やや小ぶりな二部屋。しかし、ほかの部屋であっても、すべて窓にはキャンドルの明かりが灯《とも》されていた。

どこよりも趣向を凝らしたのは、もちろん食事の部屋である。長いテーブルに二十五人分の席が用意されて、冬景色のように輝いていた。クロスと皿は白い雪、クリスタルは光る氷。もともと潔癖な美意識のある部屋なので、たいして飾る必要はなかった。磨き上げたフロアは、キャンドルの光に映えてルビー色に燃えている。壁面の下半分は重厚な板張りで、その境界から上には果物と花の水彩画を何枚か掛けて、うまく軽みを添えていた。

応接間は、簡素にして優雅な趣味で仕上げられていた。この出来を見ていると、あすになれば空っぽに片付けられて、また埃と蜘蛛《くも》の領分になるのだとは思えない。玄関もまた、ヤシやシダをあしらって、豪華なシャンデリアを光らせて、堂々たる構えになっていた。

夕方の七時に、正装のグランドモンがふらりと現れた。まっさらなシャツのパールボタンは、この家で代々好まれるものだ。食事は八時からであると招待状には書いておいた。いま彼はポーチに肘《ひじ》掛け椅子を出して、シガレットの煙を上げながら夢見心地になった。

月は出てから一時間の高さにある。この家は敷地の門から五十ヤードの距離にあって、立派な屋敷林に守られていた。門の外には街道が通り、その向こうに草の茂る堤防があって、さらに茫洋《ぼうよう》たる大河がある。堤防をわずかに越えて、ぽつんと赤い光が見えた。じわじわと赤い点が下ってくる。反対から上がってくる緑の点もあった。すれ違う二隻《せき》の汽船が挨拶《あいさつ》をかわし、ぼーっと鳴る音が響いて、物憂《ものう》げに眠そうな低地の静けさを破った。ふたたび静まれば、小さな夜の声が聞こえるのみ。梟《ふくろう》のレチタティーヴォ、蟋蟀《こおろぎ》のカプリッチョ、草むらの蛙《かえる》のコンチェルト――。子供らは用が済んだら帰れと言われて居住区に戻った。もう昼間の大騒ぎはどこへやら、しっかりした心得のある静かな佇《たたず》まいが整っていた。ウエーター役の黒人が六名、白いジャケット姿になって、猫のように静かな足運びで、これ以上は気を遣いようのない食卓を、まだ直す余地がありそうに見て歩いていた。アブサロムは黒いエナメル靴をはいて、あちらこちらで指揮官の威厳を発揮する。その姿が光の具合で浮き立って見えた。グランドモンはゆったりと椅子に坐《すわ》ったまま、客の到着を待った。

ふと夢を見たに違いない。とんでもない夢だ。自分がシャルルロワの主人となって、アデーレを妻にしている。その妻が近づいてくる。足音が聞こえて、肩に置かれる手があって——

「すみません、グランドの旦那——」アブサロムの手だった。黒人らしい言葉遣いの声がする。「もう八時になりました」

八時か。グランドモンは跳ね起きた。門前の月明かりに、馬をつなぐ柱がならんでいる。とうに来客の馬が着いていなければならない。ところが柱が立つだけで馬がいない。

歌い上げるような怒りの声がした。せっかくの名人芸を無駄にされるとしたら、さぞ腹も立つだろうが、そんな抗議の声に節回しをつけたように、アンドレの厨房から湧《わ》き上がっていた。すばらしい料理ができて、まるで真珠のような、きらりと光る極上の宝石のような食事になる！　それなのに、まだ待たされるのだとしたら、ぶうぶう騒がしい居住区の餓鬼どもだって手を出さないようなものになる！

「いくらか遅いようだな」グランドモンは静かな言い方をした。「まもなく来るだろう。もう少し待てとアンドレに伝えてくれ。草地の牛が屋敷に暴れ込んだわけじゃあるまいと言っておけ」

また坐ってシガレットの煙を上げた。いまの言葉とは裏腹に、もう今夜のシャルルロワに客の饗応《きょうおう》はないだろうと思っている。シャルル家が招待を出して応じる客がないとは、いままでの歴史になかったことだ。グランドモンは礼儀作法の感覚が素直にできていて、また家名を恃《たの》む心に曇りがなかったからでもあろうが、なぜ晩餐《ばんさん》の客が来ないかということの、すぐわかりそうな理由がわかっていなかった。

シャルルロワの家は街道沿いに建っている。招待状の宛先《あてさき》となった農園の人々が、いつも行ったり来たりする道だ。おそらく、いきなり復活した家の前を、その前日にも通っていたのだろう。とうに荒れ果てた空き家として見たはずだ。つまり死んだままのシャルルロワを見ているのにグランドモンの招待状が届いたということで、どんな謎を掛けられたのか、ただ悪趣味な冗談なのか、何にせよわけがわからないものについて、わざわざ廃屋に出向くような酔狂なことをして確かめようとはしなかった。

すでに月は屋敷林の上にあり、庭には濃い影の斑《まだら》模様が落ちていた。キャンドルの光がこぼれ出る窓の外だけは影が薄い。きりっと冷たい川風が吹いて、このまま夜が更《ふ》けたら霜が降りるのではないかと思わせた。ポーチの階段脇《かいだんわき》の草の上に、グランドモンが捨てたシガレットの吸い殻が点々と白く落ちていた。綿花ブローカーの事務員が、椅子に坐って煙の渦を吹き上げている。だが、わずかな財産を空《むな》しく使い果たしたということではなかろう。たとえ数時間でも、こうしてシャルルロワに坐っている時間を取り戻せただけで、充分に報われていた。ぼんやりした心が遠い記憶の道をたどって、ふらりふらりと楽しい思い出に出入りした。ある聖書の文言がいくらか字句を変えて心に浮かび、彼は一人で笑みを浮かべた。「さる貧しき者が宴を催した——」

アブサロムの咳払《せきばら》いが聞こえた。呼びかけているようだ。グランドモンはもぞもぞと動いた。今度は眠っていたのではない。眠りそうになっただけだ。

「九時です、旦那」アブサロムが揺らぎのない声で言った。よく出来た使用人は、よけいな考えをはさまず、事実だけを述べる。

グランドモンは椅子から立った。シャルル家の人間は代々こういうことになってきた。結局は負け戦に終わり、負けて立派な行動をとる。

「では食事としよう」静かに指示を出した。だが、これに従おうとしたアブサロムを、彼は制した。門の掛金がかちりと音を立てたのだ。何やらが向かってくる気配がある。足を引きずるように歩きながら、ぶつぶつ呟《つぶや》いているようだ。階段下まで来て、流れ出る光の中で足を止めた。それから語りだした声は、文無しで放浪する者にお定まりの哀れな嘆き節だった。

「どうかお情けを。恵まれないやつに、いくらか食べさせてやってくれませんか。小屋の隅っこにでも寝かせていただければありがたい。なにしろ――」と言ってから、おかしな話になっている。「やっと眠れるようになりました。今夜は山が踊りだすこともない。銅の鍋《なべ》は磨き上げてぴかぴかだ。鉄の輪が、ほら、このとおり足首に巻かれたままで、もし鎖につないでおきたいとお望みなら、そのための輪っかもついている」

そう言うと、片足を階段に乗せかけ、おんぼろな裾《すそ》をたくし上げて見せた。長い旅の泥がこびりついた靴は、すっかり形崩れしている。靴のすぐ上に小さな輪っかのついた足輪が嵌《は》められていた。着ている服は浮浪生活の果てに、陽射《ひざ》しと雨と摩耗で、まだらのボロ布でしかなくなった。首から上は茶色の髪と髭《ひげ》がべったり絡《から》んだようにむさ苦しい。この毛だらけの顔から、どこを見ているのかわからないような目がのぞいていた。一方の手に白い四角形の紙を持っていることに、グランドモンは気がついた。

「それは何かな？」

「拾ったんですよ。道端に落ちていた」浮浪者はカードを差し出した。「ちょっとだけ食べるものを分けてくれませんか。炒《い》ったトウモロコシでも、トルティーヤでも、少々の豆でも。山羊《やぎ》の肉だけはご勘弁を。あいつら、喉《のど》を切ると、子供みたいに泣きやがる」

グランドモンは渡されたカードを見た。招待状の一枚だ。これを捨てた人がいるのだろう。馬車で通りかかって、空き家だったシャルルロワと見くらべて、投げ捨てた。「道や垣根に出て行って、強いて人々を連れきたり――」また聖書を勝手に引用してふふっと笑ってから、アブサロムに言った。「ルイスに来させてくれ」

白いジャケット姿のルイスが来た。以前は身のまわりの用事をまかせていた男だ。

「こちらの方が、食事にお付き合いくださる。まず入浴と着替えの世話をして差し上げるんだ。二十分で支度をすませて食事のご案内を」

ルイスはみすぼらしい客人をシャルルロワの訪客にふさわしい礼をもって遇し、ただちに屋敷の奥へ連れ去った。

すみやかに事が運んで、二十分後にはアブサロムが食事の用意ができましたと言い、まもなく客人が通された食堂では、グランドモンが主人の位置に立っていた。得体の知れない浮浪者は、ルイスが面倒を見たおかげで、さっきより人間らしい体裁になった。さっぱりしたリネンのシャツと、古着ながらウエーター用に取り寄せてあったスーツを着せられて、外見だけは奇跡の変容を遂げている。もじゃもじゃに乱れていた髪の毛も、一応は撫《な》でつけられていた。このくらいなら芸能の世界でおもしろおかしく演出される奇人変人とくらべても、さほどに異常ではない。テーブルに近づいていった男の顔つき、身のこなし、といった様子からは、たったいまアラビアンナイトめいた変身をしたわりには案外落ち着いていて、おどおどした態度は見られなかった。アブサロムの介添えを受けてグランドモンの右手側の席につく際にも、給仕される立場であることが似合っていたようだ。

「遺憾ながら――」グランドモンは言った。「主人と客が名乗り合わねばなりません。私はシャルルと言います」

「山の中では」漂泊の男が言った。「グリンゴと言われる。街道に出ればジャックになる」

「では、後者を使わせていただこう。まずワインはいかがかな、ジャックさん」

次々に料理が運ばれてきた。ウエーターの人手は充分すぎるほどにある。グランドモンは、アンドレが厨房で発揮した料理の至芸と、ワインの選定に自身が下した判断を喜んで、おおいに気が回るようになり、舌も滑らかになって、みごとなホスト役を果たしていた。だが客は会話が途切れがちだ。どうやら心が不安定になっていて、熱に浮かされたような症状が波となって寄せてくるらしい。波の合間にすっきりと心が働くこともある。その目を見ると、熱病から回復したばかりかと思わせるガラス玉のような光があった。おそらく長患《ながわずら》いだったので、これだけ衰弱して、精神も集中を欠き、太陽と風にさらされた皮膚の色を通しても病み上がりの白さが見えるようなのだ。

「シャルル、ですね」男がグランドモンに言った。そうやって名前の意味を考えようとするようだ。「山が踊りだすのをご覧になったことは、ないでしょう」

「ありません」グランドモンは真剣に応じた。「そんな壮観な景色を見たことはありませんが、さぞ楽しい眺めでしょうな。雪をかぶって白くなった大きなものが、ワルツでも踊って――着ているのはローブデコルテでしょうか」

「まず鍋を磨かないといけません」ジャックという男は、勢いづいてテーブルに身を乗り出した。「朝になったら豆を煮ますんでね。それから毛布に寝そべって、じっと動かずにいる。そうすると出てきて踊ってくれるのですよ。こちらからも出て行って踊りたいところですが、あいにくと毎晩、小屋の真ん中の柱に鎖でつながれています。山は踊るものだと、信じてもらえますか？」

「旅人の話は、素直に聞くことにしていますよ」グランドモンは笑みを浮かべた。

ジャックが声をあげて笑った。その声がすとんと落ちて内緒話のように低くなる。

「いや、そんなこと信じたらおかしい。実際に踊るわけじゃありません。頭が熱に浮かされるんです。重労働と悪天候でそうなるんですよ。何週間も病んでいて、薬なんてありません。いつだって夜になれば頭が熱くなって、二人分も力が出そうな気がする。そうこうして、ある晩、連中がメスカル酒で酔って眠りこけてるんです。ひとっ走り稼ぎに出て、ドル銀貨の袋をいくつも分捕ってきたんで、祝い酒になってました。だから夜中に鎖をやすりで切って、山を下りた。あとは歩くだけですよ。何マイル、何百マイル。そのうちに山がなくなって大平原になる。もう夜になって山が踊ることはない。ありがたいもんだ。やっと寝られる。それから川に出た。川が語りかけてくる。その下流の方向へ行くんだが、どこまで行っても見つかるものが見つからない」

ジャックは椅子の背にもたれて、ゆっくりと目を閉じた。料理とワインの効き目が出て、静かな気分に浸っている。顔を険しくしていた緊張感もほぐれた。充足した気《け》怠《だる》さがじんわりと身に染《し》みるようだ。眠たげになって、まだ話は続いた。

「あまり行儀はよろしくないが――食事の席で眠ってしまいそうだ――それほどに結構なものだったということで――なつかしいな、グランド」

グランド！ そういう名前の主が、ぎくりと驚いてグラスを置いた。ぼろを纏《まと》った宿無しを、たまたま王様気分で招き入れただけなのに、どうして名前がわかるのか。とっさの直感ではなかったが、まもなく、少しずつ、ある荒唐無稽《むけい》な疑念が脳内に忍び込んできた。ぶるぶる震えて思うにまかせない手で懐中時計を取り出すと、ケースの裏側を開けた。写真がある――裏蓋《うらぶた》の内側に貼《は》りつけてあるのだった。

グランドモンは立っていってジャックという男の肩を揺すった。疲れた客人が目を開けた。グランドモンが時計を見せてやる。

「この写真に、ジャックさん、見覚えは――」

「姉のアデーレ！」

浮浪者の声が、瞬時に室内に響いた。思わず立ち上がった男を、グランドモンの腕が抱え込み、その名を呼んだ。「ヴィクトルだ！ ヴィクトル・フォーキエではないか！ ああ神よ、メルシー、メルシー」

その夜、いままで行方不明だった男は、眠気と疲労を如何《いかん》ともしがたく、もう口をきくことができなかった。それから何日もたって、ようやく体内の血を騒がせていた熱病が冷めて、取り留めもなく語っていた断片が、脈絡のある話にまとまった。すなわち、怒りにまかせて飛び出してから、海上ないし海岸での労働と災難があり、南部各地で人生の浮き沈みがあり、少し前にはメキシコのソノラ山地で盗賊の陣地にとらわれて、さんざん酷使された。その地で熱病にとりつかれて、朦朧《もうろう》としながら脱出し、ふらふらと逃避行を続けながらも、おそらくは本能の驚異なのだろうが、生まれ育った堤防のある川の方角へ進んでいた。また、どうあっても捨てられない意地のようなものが血の中に流れていたとも言った。それで長年にわたって音沙汰《おとさた》なしとなり、知らぬこととは言いながら、ある一人の名誉を曇らせ、愛する二つの心を引き離したままになった。「愛とはいかなるものであることか！」と言いたくなるところだろう。また、こうも言いたくなるはずだ。「意地とはいかなるものであることか！」

応接間のカウチで寝そべっていたヴィクトルは、とろんと重たい目の奥で思考力の夜が明けて、硬かった顔つきに安らぎの表情が出ていた。アブサロムが食後の休憩の世話をしている。その主人は、シャルルロワに臨時に復活しただけで、あすには綿花ブローカー事務所の勤務に戻るだろうが、そのほかに——

「あすには」グランドモンは客が寝そべるカウチのそばに立って、照り輝くような顔で言っていた。預言者エリヤを火の車に乗せた馭者《ぎょしゃ》が、これから天国へ上がるのだと宣告したとするならば、その顔も同じように輝いていただろう。「あすには、おまえを連れていくよ。彼女のところへ」

訳者あとがき

三年がかりで少しずつ訳してきたO・ヘンリーが、ついに予定の三冊目に達した。まだまだ全作品の一部にすぎないが、文庫本三冊での計四十七篇は、一人の訳者としては相当の数ではないかと感じている。従来の新潮文庫では四十六篇。いくらかの入れ替えをした結果、数の上では一つ増えた。

また第一巻ではニューヨークを舞台とする作品が多くなっている。まず一冊読むなら、そんなところが妥当だろう。第二巻、第三巻では、西部（または南部）に取材した作品の割合を増やして、ニューヨーク、それ以外、というように、ほぼ一つ置きに並べてみた。O・ヘンリーは、大都会ばかりではなく、荒野、田舎町、地方都市も書けるという芸域の広い人だったことを再認識したい。

表題作にした「魔が差したパン」は、いままでに何度も日本語に訳されてきたが、この邦題では今回が初めての登場である。原題では“Witches' Loaves”となっている。これを「魔女のパン」とは書きたくなかった。新潮文庫の旧版では「善女のパン」という逆転させた題になっていた。おそらく主人公を悪者にしたくない気持ちが働いたのだろう。それはわかる。だが、翻訳作品に原題と異なる邦題をつけること自体はよいとしても、もとの字義と正反対にするというのは、ずいぶん思いきった作戦である。

私が「魔女のパン」にしたくなかったのは、マーサを魔女にしたくないからではなくて、原題をご覧のとおり、魔女（witches）もパン（loaves）も複数形だからである。定冠詞（the）はつかない。つまり、マーサという特定の店員が、ある特定の客に渡した一個のパン、とは言っていないのだから、もともとマーサを魔女と決めつける謂《い》われはない。どこにでもあるパンという品物の中で、とくに「魔女の」と形容したくなるような種類のパン、とでも理解しておけばよいだろう。世の中にはそういうものがあるということだ。

だからマーサが魔女であることも否定しない。いつものマーサは善人なのだろうが、その意志に反して、あくまで結果として、そうなってしまった間の悪い一日があった。この日に、あの人に売ったパンだけは、魔女の、と言われても仕方ないようなパンだった。まーさに、マがサした、まさかのパン……。だから悲劇なのではないか。もし悪い人間が悪いパンを売ったのなら、ニュースにはなるだろうがストーリーにはならない。そう考えた上で、たしかに「魔女のパン」と訳すこともあり得るとは思う。ただし、いわゆる直訳なるものではなくて、あえて誤解されることを恐れない度胸のよい訳になるはずだ。

この場を借りて言うならば、直訳、意訳という区別に、私は強烈なアレルギーがある。たとえば、"Witches' Loaves"は直訳すると「魔女のパン」だが、これを意訳して……といったような議論は、自分では絶対にしたくない。こんな論法には何やらの意図があって都合のよい方向へねじ曲げようとする作為を感じる。また往々にして原語をよく見ていない(わざと見ないのかもしれない)。

どのように訳すとしても、その訳者が原作から引き出した答えは、もう「直」でも「意」でもない。原文がどれだけ正確に反映されているかという基準さえ、訳者ごとに違っているのかもしれない。それでいて正確さを大事にしようと思わなければ、きれいに仕上がることはない(きれいに見せかけることはできるかもしれない)。その意味では、良質な工業製品にも似ていると思う。たまに魔が差して、魔女の、と形容したくなる製造ミスもあるけれど、そうと知った日の翻訳者はマーサのように落ち込む。現実には落ち込む日は少ないが、それは他人の間違いなら気づくのに自分の間違いだと気づかないという大原則に守られているおかげだろう。

二〇一五年十月

小川高義

本作品中には、今日の観点からは差別的表現ともとれる箇所が散見しますが、作品の持つ文学性ならびに芸術性、また、歴史的背景に鑑み、原書に出来る限り忠実な翻訳としたことをお断りいたします。（新潮文庫編集部）

O・ヘンリー
小川高義訳
賢者の贈りもの
―O・ヘンリー傑作選I―
クリスマスが近いというのに、互いに贈りものを買う余裕のない若い夫婦。それぞれが一大決心をするが……。新訳で甦る傑作短篇集。

O・ヘンリー
小川高義訳
最後のひと葉
―O・ヘンリー傑作選II―
風の強い冬の夜。老画家が命をかけて守りたかったものとは――。誰の心にも残る表題作のほか、短篇小説の開拓者による名作を精選。

J・ラヒリ
小川高義訳
停電の夜に
ピューリッツァー賞
O・ヘンリー賞受賞
ピューリッツァー賞など著名な文学賞を総なめにした、インド系作家の鮮烈なデビュー短編集。みずみずしい感性と端麗な文章が光る。

スタインベック
伏見威蕃訳
怒りの葡萄
（上・下）
天災と大資本によって先祖の土地を奪われた農民ジョード一家。苦境を切り抜けようとする、情愛深い家族の姿を描いた不朽の名作。

S・モーム
金原瑞人訳
ジゴロとジゴレット
―モーム傑作選―
『月と六ペンス』のモームは短篇の名手でもあった！　ヨーロッパを舞台とした短篇八篇を収録。大人の嗜みの極致ともいえる味わい。

S・モーム
金原瑞人訳
月と六ペンス
ロンドンでの安定した仕事、温かな家庭。すべてを捨て、パリへ旅立った男が挑んだものとは――。歴史的大ベストセラーの新訳！

フローベール
芳川泰久訳
ボヴァリー夫人

恋に恋する美しい人妻エンマ。退屈な夫の目を盗み重ねた情事の行末は？　村の不倫話を芸術に変えた仏文学の金字塔、待望の新訳！

スティーヴンソン
田口俊樹訳
ジキルとハイド

高名な紳士ジキルと醜悪な小男ハイド。人間の心に潜む善と悪の葛藤を描き、二重人格の代名詞として今なお名高い怪奇小説の傑作。

M・シェリー
芹澤　恵訳
フランケンシュタイン

若き科学者フランケンシュタインが創造した、人間の心を持つ醜い〝怪物〟。孤独に苦しみ、復讐を誓って科学者を追いかけてくるが――。

E・ケストナー
池内　紀訳
飛ぶ教室

元気いっぱいの少年たちが学び暮らすギムナジウムにも、クリスマス・シーズンがやってきた。その成長を温かな眼差しで描く傑作小説。

バーネット
畔柳和代訳
小公女

最愛の父親が亡くなり、裕福な暮らしから一転、召使いとしてこき使われる身となった少女。永遠の名作を、いきいきとした新訳で。

J・オースティン
小山太一訳
自負と偏見

恋心か打算か。幸福な結婚とは何か。十八世紀イギリスを舞台に、永遠のテーマを突き詰めた、息をのむほど愉快な名作、待望の新訳。

ディケンズ
加賀山卓朗訳
二都物語
フランス革命下のパリとロンドン。燃え上がる激動の炎の中で、二つの都に繰り広げられる愛と死のロマン。新訳で贈る永遠の名作。

G・グリーン
上岡伸雄訳
情事の終り
「私」は妬心を秘め、別れた人妻サラを探偵に監視させる。自らを翻弄した女の謎に近づくため——。究極の愛と神の存在を問う傑作。

サリンジャー
村上春樹訳
フラニーとズーイ
どこまでも優しい魂を持った魅力的な小説……『キャッチャー・イン・ザ・ライ』に続くサリンジャーの傑作を、村上春樹が新訳！

ライマン・フランク・ボーム
河野万里子訳
にしざかひろみ絵
オズの魔法使い
ドロシーは一風変わった仲間たちと、オズ大王に会うためにエメラルドの都を目指す。読み継がれる物語の、大人にも味わえる名訳。

マーク・トウェイン
柴田元幸訳
トム・ソーヤーの冒険
海賊ごっこに幽霊屋敷探検、毎日が冒険のトムはある夜墓場で殺人事件を目撃してしまい——少年文学の永遠の名作を名翻訳家が新訳。

カポーティ
村上春樹訳
ティファニーで朝食を
気まぐれで可憐なヒロイン、ホリーが再び世界を魅了する。カポーティ永遠の名作がみずみずしい新訳を得て新世紀に踏み出す。

カポーティ
佐々田雅子訳
冷　血
カンザスの片田舎で起きた一家四人惨殺事件。事件発生から犯人の処刑までを綿密に再現した衝撃のノンフィクション・ノヴェル！

サン＝テグジュペリ
河野万里子訳
星の王子さま
世界中の言葉に訳され、子どもから大人まで広く読みつがれてきた宝石のような物語。今までで最も愛らしい王子さまを甦らせた新訳。

H・ジェイムズ
小川高義訳
デイジー・ミラー
わたし、いろんな人とお付き合いしてます――。自由奔放な美女に惹かれる慎み深い青年の恋。ジェイムズ畢生の名作が待望の新訳。

H・ジェイムズ
小川高義訳
ねじの回転
イギリスの片田舎の貴族屋敷に身を寄せる兄妹。二人の家庭教師として雇われた若い女が語る幽霊譚。本当に幽霊は存在したのか？

ツルゲーネフ
神西　清訳
はつ恋
年上の令嬢ジナイーダに生れて初めての恋をした16歳のウラジミール――深い憂愁を漂わせて語られる、青春時代の甘美な恋の追憶。

ツルゲーネフ
工藤精一郎訳
父と子
古い道徳、習慣、信仰をすべて否定するニヒリストのバザーロフを主人公に、農奴解放で揺れるロシアの新旧思想の衝突を扱った名作。

新潮文庫最新刊

林 真理子著
小説8050
息子が引きこもって七年。その将来に悩んだ父の決断とは。不登校、いじめ、DV……家庭という地獄を描き出す社会派エンタメ。

宮城谷昌光著
公孫龍 巻二 赤龍篇
天賦の才を買われた公孫龍は、燕や趙の信頼を得るが、趙の後継者争いに巻き込まれる。中国戦国時代末を舞台に描く大河巨編第二部。

五条紀夫著
イデアの再臨
ここは小説の世界で、俺たちは登場人物だ。犯人は世界から■■を消す!? 電子書籍化・映像化絶対不可能の〝メタ〟学園ミステリー！

本岡 類 著
ごんぎつねの夢
「犯人」は原稿の中に隠れていた！ クラス会での発砲事件、奇想天外な「犯行目的」、消えた同級生の秘密。ミステリーの傑作！

新美南吉著
ごんぎつね でんでんむしのかなしみ ―新美南吉傑作選―
大人だから沁みる。名作だから感動する。美智子さまの胸に刻まれた表題作を含む傑作11編。29歳で夭逝した著者の心優しい童話集。

カフカ 頭木弘樹編
決定版カフカ短編集
特殊な拷問器具に固執する士官を描く「流刑地にて」ほか、人間存在の不条理を描いた15編。20世紀を代表する作家の決定版短編集。

新潮文庫最新刊

サガン
河野万里子訳
ブラームスはお好き
パリに暮らすインテリアデザイナーのポールは39歳。長年の恋人がいるが、美貌の青年に求愛され――。美しく残酷な恋愛小説の名品。

S・ボルトン
川副智子訳
身代りの女
母娘3人を死に至らしめた優等生6人。ひとり罪をかぶったメーガンが、20年後、5人の前に現れる……。予測不能のサスペンス。

磯部涼著
令和元年のテロリズム
令和は悪意が増殖する時代なのか？ 祝福されるべき新時代を震撼させた5つの重大事件から見えてきたものとは。大幅増補の完全版。

島田潤一郎著
古くてあたらしい仕事
「本をつくり届ける」ことに真摯に向き合い続けるひとり出版社、夏葉社《なつはしゃ》。創業者がその原点と未来を語った、心にしみいるエッセイ。

小林照幸著
死の貝
―日本住血吸虫症との闘い―
腹が膨らんで死に至る――日本各地で発生する謎の病。その克服に向け、医師たちが立ちあがった！ 胸に迫る傑作ノンフィクション。

野澤亘伸著
絆
―棋士たち　師弟の物語―
伝えたのは技術ではなく勝負師の魂。7組の師匠と弟子に徹底取材した本格ノンフィクション。杉本昌隆・藤井聡太の特別対談も収録。

新潮文庫最新刊

安部公房著
(霊媒の話より)題未定
―安部公房初期短編集―
19歳の処女作「(霊媒の話より)題未定」、全集未収録の「天使」など、世界の知性、安部公房の幕開けを鮮烈に伝える初期短編11編。

松本清張著
空白の意匠
―初期ミステリ傑作集(二)―
ある日の朝刊が、私の将来を打ち砕いた――。組織のなかで苦悩する管理職を描いた表題作をはじめ、清張ミステリ初期の傑作八編。

宮城谷昌光著
公孫龍 巻一 青龍篇
群雄割拠の中国戦国時代。王子の身分を捨て、「公孫龍」と名を変えた十八歳の青年の行く手に待つものは。波乱万丈の歴史小説開幕。

織田作之助著
放浪・雪の夜
―織田作之助傑作集―
織田作之助――大阪が生んだ不世出の物語作家。芥川賞候補作「俗臭」、幕末の寺田屋を描く名品「蛍」など、11編を厳選し収録する。

松下隆一著
羅城門に啼く
京都文学賞受賞
荒廃した平安の都で生きる若者が得た初めての愛。だがそれは慟哭の始まりだった。地べたに生きる人々の絶望と再生を描く傑作。

河端ジュン一著
可能性の怪物
―文豪とアルケミスト短編集―
織田作之助、久米正雄、宮沢賢治、夢野久作、そして北原白秋。文豪たちそれぞれの戦いを描く「文豪とアルケミスト」公式短編集。

Title : THE BEST SHORT STORIES OF O. HENRY Ⅲ
Author : O. Henry

魔《ま》が差《さ》したパン

O・ヘンリー傑作選 Ⅲ

新潮文庫　オ－2－6

Published 2015 in Japan
by Shinchosha Company

平成二十七年十二月一日発行
令和六年五月十日四刷

訳者　小《お》川《がわ》高《たか》義《よし》
発行者　佐藤隆信
発行所　株式会社新潮社
郵便番号　一六二—八七一一
東京都新宿区矢来町七一
電話　編集部(〇三)三二六六—五四四〇
読者係(〇三)三二六六—五一一一
https://www.shinchosha.co.jp

価格はカバーに表示してあります。

乱丁・落丁本は、ご面倒ですが小社読者係宛ご送付ください。送料小社負担にてお取替えいたします。

印刷・錦明印刷株式会社　製本・錦明印刷株式会社
© Takayoshi Ogawa 2015　Printed in Japan

ISBN978-4-10-207206-6　C0197